JN000828

きこえる

道尾秀介

目次

装幀
坂野公一＋吉田友美（welle design）
装画
調

きこえる

この作品は耳を使って体験するミステリーです。
作中に二次元コードが現れたときは、
そこから「ある音声」が再生できます。

二次元コードを読み込める機器をお持ちでない方は、併記されているURLをご利用ください。
イヤフォンやヘッドフォンの使用をおすすめしますが、スピーカーでもお聴きいただけます。

第一話

聞こえる

https://www.youtube.com/watch?v=pjJnJTiJU9k

（一）

「何……いまの」

気づけばヘッドフォンを取り落としていた。

曲の終わりに、たしかに夕紀乃（ゆきの）の声が聞こえた。彼女が最後のサビを歌い終えたあと、アウトロに重なってくるかたちで何かを囁（ささや）いていた。

声は数回にわたって聞こえた。はじめのほうはまったく言葉を捉（とら）えられなかったが、最後のふた言は、何かを頼んでいるような声だった。

《………………………てください》

一度目は長く。

《………ください》

二度目は短く。

以前はこんな声なんて絶対に入っていなかった。この音源はわたしがミックスしたのだから確実だ。ＣＤに焼いて夕紀乃に渡すときも、念のためすべて再生し、この耳できちんとチェックした。こんなふうに声がまじり込んでいて気づかないはずがない。

窓の外では隣家の解体工事がつづいている。騒々しい電動ドリルの音に、耳の奥でずくずくと鳴る血管の音がまじる。フローリングの床に座り込んだまま、わたしは膝先に目を落とす。たったいま取り落としたヘッドフォンを、窓から射し込む朝陽が白々と照らしている。そこから延びたケーブルの先にあるのは、夕紀乃のＣＤコンポ。彼女は音楽を聴くとき、中学生のとき父親に買ってもらったというこのコンポをいつも使っていた。サブスクはミュージシャンの敵だと言って、実家から持ってきたたくさんのＣＤをこのコンポで再生しては、綺麗なハミングを重ねていた。

コンポの隣にぽつんと立っているギタースタンド。四日前まではそこに彼女のアコースティックギターが置かれていた。無名メーカーの廉価なものだが、音は悪くなかった。あのギターも、父親がむかし買ってくれたものだという。

部屋は夕紀乃のにおいに満ちていた。まるで、ギターを持ってちょっとどこかへ出かけているだけのように。彼女がこの世からいなくなって、もう四日と半日が経つというのに。

ヘッドフォンを拾い上げて耳に戻す。スカートの膝を引きずり、コンポのそばへ近づく。再生ボタンに伸ばす指が小刻みに震えている。

ボタンを押し込むと、両耳にふたたび曲のイントロが流れ込んできた。夕紀乃が作詞作曲した歌。シンガーソングライターを夢見る十九歳の彼女が初めてつくった、『朝が来ますように』というバラード。

遠い昔
夢のはじまりに
聴いた　Slowly, Slowly, Go

この部屋で初めて『朝が来ますように』を聞かせてもらったのは先月のことだった。年齢(とし)が倍も違うわたしのアパートに同居して五ヵ月。やっと最後まで完成したと言って、彼女はこの曲を小声で弾き語ってくれた。

いつも心　あたためたメロディ
いまはここで歌うよ

あの夜、飲みかけの缶ビールを片手に、わたしは夕紀乃の歌を聴いた。ギターのコードがやさしく声を運び、曲はやがてサビに入り——その瞬間、わたしの目に、彼女が白いライトをあびてステージで歌っている光景が鮮明に浮かんだ。

てのひらに夢を乗せて

今日はおやすみ
帰り道のくやしさも
見えない傷も

浮かんだイメージを、わたしはすぐさま音にして、打ち込みのオケをつくった。パソコンに向かうわたしの隣で、夕紀乃はじっと完成を待っていた。深夜を過ぎ、もう寝なさいと言っても聞かなかった。

迷うときに
聴こえる歌は
いまも　Slowly, Slowly, Go

オケは明け方にようやく完成し、わたしはヘッドフォンを外して夕紀乃の頭にかぶせた。音源を再生すると、眠たそうだった彼女の目がみるみる興奮で満たされた。ごく小さな声で、夕紀乃はオケに合わせて歌った。本当は大きな声で歌いたかったのだろうけど、壁の薄いアパートで、しかも明け方では、それが精一杯だった。

いそがないで

心に耳をすましたら　ほら
ほらね

それぞれの部屋で仮眠をとったあと、二人で「スティンカー・ベル」に移動し、オケに夕紀乃のギターと歌を重ねて録った。わたしが八年前に開業した小さなライブハウス。あそこをスタジオがわりに使うのは初めてのことだった。ギターパートを録り終えたあと、夕紀乃は狭いステージの真ん中で、マイクに向かって『朝が来ますように』を歌い上げた。寝不足で疲れていたはずなのに、テイクを重ねるごとに彼女の声は良くなっていった。

わたしと同居してからそれまでの五ヵ月間、夕紀乃は週に二度ほどのペースでスティンカー・ベルのステージに立ってきた。ほかのバンドやシンガーとブッキングするかたちで、彼らのステージの合間にカバー曲を弾き語った。出演時間はいつも二十分程度だったが、臆病そうな容姿と、見た目を裏切る堂々とした歌声で、彼女は少しずつファンを増やしていた。最近では、ホールに集まった客のうち少なくとも七、八人は彼女目当ての若い男性客だった。

――つぎのライブで、これ歌ってもいいですか！

完成した『朝が来ますように』の音源をスティンカー・ベルのスピーカーで流しながら、わたしたちは今後の計画を話し合った。大音量で流れる曲に負けないよう、互いに怒鳴るようにして喋った。

――いつもどおりカバーを何曲かやって、最後にこれを歌ったら最高じゃん！

――ＣＤにして、ライブのあとで売りたいです！

――準備しとく！

それが、五日前のライブだった。

その夜はシャウト系のプログレ・ロックバンドとメタルバンドとのブッキングライブで、スティンカー・ベルのホールはそれぞれのファンでぎっしり埋まっていた。彼らの合間にステージに立った夕紀乃は、はっきり言って浮いていた。彼女のファンである七、八人の男性客もひどく居心地が悪そうだったが、最後に『朝が来ますように』が歌われると、その居心地の悪さも消し飛んだらしく、みんな呆然と聴き入った。曲が終わったあとはいっせいに歓声が上がり、その歓声の中には対バンのファンたちの声もまじっていた。

終演後は『朝が来ますように』一曲きりが入ったＣＤを、夕紀乃が受付の脇で客に手売りした。用意した三十枚のうち、はけたのは十二枚。それでも想像の倍も売れたと言って、客がいなくなったあとで彼女は嬉し泣きをしていた。

――帰りにコンビニ寄ってビール買っときますね。

わたしがバイトスタッフの小島（こじま）くんと二人でステージの片付けをしているあいだに、夕紀乃は帰り支度をはじめた。

――あなた未成年でしょうが。

――あたしのじゃないです。

彼女は小さな手のひらでわたしを示し、にっこりと笑った。

——お礼です。

そして背中を向け、出口に向かったのだ。華奢(きゃしゃ)な両肩に、ソフトケースに入ったギターと、ステージ衣装を詰めたショルダーバッグを提げて。暗さと明るさが交互に重なり合う階段を、一歩一歩ゆっくりと上って。それが最後の別れになるなんて知りもせず。

子守歌　夢を呼んで
明日また会える

ヘッドフォンから流れる『朝が来ますように』が二番のサビにさしかかり、わたしは耳をすました。このサビのあと、曲はアウトロに入る。さっき彼女の囁き声が聞こえたパートに。

雨の道の冷たさも
届かなかった言葉も
みんな夜にとけて

夕、紀乃の気配がする。
実際それは、気配と形容するしかないものだった。彼女はどこにもいないのに——この部屋どころか、世界のどこにもいないのに。

朝が来ますように
朝が来ますように
朝が来ますように

そうだ、さっきもこの感覚があった。彼女の歌が終わりかけたとき、夕紀乃の存在を肌に感じた。すぐそばにいるような気がした。そしてその直後、彼女が囁いたのだ。何かを——聞き取れない言葉を。

曲がアウトロに移る。

《いま…………とは…………じゃない》

聞こえる。

《…………たんです》

夕紀乃が囁いている。

《…………てください》

《……ください》

曲が終わると同時に、玄関で呼び鈴が鳴った。

（二）

五日前。

夕紀乃がスティンカー・ベルで『朝が来ますように』を初披露した夜。

片付けを終えて帰宅すると、アパートは真っ暗で、先に帰ったはずの夕紀乃はいなかった。もしやサプライズでもされるのではと、にやにやしながら待ち構えたが、いつまで経っても真っ暗なまま物音ひとつしない。明かりをつけて夕紀乃の部屋を覗いてみたが、彼女はおらず、ギターもなかった。すべては夕刻前に二人でアパートを出たときのまま、しんと静まり返っていた。

スマートフォンにメッセージを送っても開封されず、電話をかけても応答がない。あまりに奇妙だったので、わたしはサンダル履きで玄関を出た。外階段を下りてアパートの近くを捜したが、夕紀乃の姿はない。不安で胸が真っ白になっていくような思いでいたところに、知らない番号から着信があった。

電話は埼玉県警の男性刑事からで、わたしが関ヶ原良美本人であるかを確認したうえで、唐突に訊いた。

『田上夕紀乃さんをご存知ですか？』

誰かが夕紀乃の苗字を口にするのは滅多にないことだった。ライブハウスの関係者には彼女を「夕紀乃」と紹介していたし、彼女自身もそう名乗っていた。わたしの中でも、彼女はいつも「夕紀乃」だった。

「彼女とは、アパートで同居していますが……」

もしや交通事故にでも遭ったのではないか。咄嗟にそう考えたのは、目の前の大通りを車がひっきりなしに行き交っていたからだ。しかし現実はまったく違った。もしその場で時間が停まり、あれこれ想像する猶予を与えられたとしても、おそらく最後の最後まで出てこないような出来事が起きていた。

彼は刑事部捜査第一課のキツギと名乗り、それを希津木と書くことを、後の事情聴取で知った。わたしに連絡してきた理由は、夕紀乃の財布に名刺が入っていたからだという。所持していたスマートフォンにはロックがかかっており、ほかの連絡先は一つもわからなかったらしい。

『いまから、署においでいただけますでしょうか』

その夜の事情聴取と、翌朝のニュース報道で、わたしは事件の概要を知った。

スティンカー・ベルは池袋駅のそばにあり、三十分ほど私鉄に乗れば、わたしと夕紀乃が暮らすアパートの最寄り駅に着く。最寄り駅といっても徒歩で二十分、バスなら十分ほど。しかしわたしたちがバスを使うのは、雨の日や、よっぽど疲れているときだけだった。ライブハウス経営は楽ではなく、わたしの収入は中小企業のOL程度。夕紀乃のほうは、ときおりわたしが渡す生活費以外、基本的に収入はなかった。

夕紀乃の遺体が発見された総合運動公園は、駅とアパートの中間にある。テニスコートや屋内プール、弓道場や体育館などを備えた大きな施設で、迂回するとなると距離がずいぶん延びてしまうので、たいていの人はそこを突っ切って駅とのあいだを行き来していた。わたしも夕紀乃も。

夕紀乃が倒れていたのは弓道場の脇、体育館とのあいだにあるコンクリートの通路だという。警察の発表によると、正面から顔面を数回殴打され、そのあと地面に仰向けになったところを素手で扼殺された可能性が高いらしい。近くの防犯カメラには夕紀乃が一人で歩いているところしか映っておらず、待ち伏せをされたか、あるいは通り魔の可能性もあると、ニュースでは報じられていた。

警察に通報したのは帰宅途中の男性会社員だった。地面に横たわる人影に驚き、近寄って確認したところ、彼女はもう息をしていなかった。

「あなたと田上夕紀乃さんとは、どういった？」

警察署で希津木に訊かれ、わたしは正直に説明した。半年ほど前の三月中旬、同居していた恋人が出ていき、自律神経をやられて通院しはじめたこと。医者のすすめでスティンカー・ベルをしばらく休業し、気晴らしに長野県へ一人旅に出かけたこと。旅行の初日、わたしは善光寺や戸隠の鏡池を見物し、夕方に市街地の蕎麦屋で夕食をとった。路地裏で小さなライブハウスを見つけたのは、そのあとのことだ。チケット代を払って中に入ると、夕紀乃がステージでカバーソングを弾き語っていた。二週間前に高校を卒業したばかりだと、彼女はＭＣで語っていた。どうしても音楽で成功したくて、進学はせずにライブ活動をつづけていくつもりなのだと。

話しながら、彼女は臆病そうに目を泳がせていた。ホールに立つ一人一人と順番に視線を合わせてはいたが、そうすることに非常な努力を必要としているのがわかった。やがてその頼りない目がこちらを向いたとき、わたしはいまも忘れられない、奇妙な感覚をおぼえた。周囲の空気が、彼女に向かって音もなく流れていくような。物理的な力でわたしを巻き込みながら、彼女のほうへ引っ張ろうとしているような。

たぶんそれは、彼女の魅力にとらわれたというよりも、保護欲に近いものだった。自分の手でなんとかしてやりたいという、唐突で強烈な欲求が胸にこみ上げ——しかし直後、すっと目をそらされた。彼女はギターでイントロを弾きはじめ、その瞬間、臆病でぎこちない印象が嘘のように消え去った。四小節のアルペジオにつづいて歌がはじまると、彼女の表情は歌詞そのもののように変化しはじめた。

もどかしくて、悔しかった。あまりの頼りなさに手を差し伸べたら、その手が届かない場所へ逃げていかれたような気がした。それまで一度も抱いたことのない感情に、わたしはホールの隅でまごついた。

「ニッチ」というそのライブハウスは、名前のとおりひどく小さな場所だった。ステージ近くに立っていた四人ほどの中年男性は、たぶん夕紀乃を見に来ていたのだろう。彼女から一度も目をそらさず、瞬(まばた)きさえしていないのではと思えるほど、熱のこもった視線を向けていた。しかしホールに散っている彼ら以外の人々は、ほとんどが客ではなく対バンのメンバーたちと思われた。

客が少ないのは、その夜だけではなかったに違いない。機材や備品の古さ、また金髪の女性スタッフの態度から、それが察せられた。

もちろんわたしのスティンカー・ベルもそれほど大きなライブハウスではないし、機材も備品もガタがきている。しかし、それなりに人気のインディーズバンドやシンガーが出演してくれるので、同じ規模のハコの中では客数が多い。

終演後、ニッチの出口で夕紀乃を待った。

最初に出てきたのは、ステージ近くに立っていた中年男性たち。彼らは明らかに互いを意識し合いながらも、言葉を交わすことはなく、出口周辺でしばらく影のように立っていた。しかし、対バンのメンバーたちが打ち上げの話で盛り上がりながら出てくると、無言で路地に散っていった。その後しばらくすると、夕紀乃がギターケースとショルダーバッグを抱えて現れたので、わたしは近づいて話しかけた。

——もったいないって、率直に感じたの。

都内でライブハウスを経営していることを説明し、名刺を渡した。

——あなた成功できると思う。でも悪いけど、ここだと難しい。東京に出てきたほうが絶対に可能性が高まる。

自分が彼女に何を言ったのかは、一語一語、はっきりと憶えている。しかし、その言葉を並べていたときの気持ちは、いまも上手く説明できない。

──わたしのアパートに部屋が一つ余ってるから、住む場所も心配いらないし。

いちばん似ているのは、小学校時代、ある仲良しの女の子に対して抱いていた気持ちだろうか。彼女がほかの女の子と喋っているところを見ると、悔しかった。いつも自分といっしょにいてほしいと思った。毎日、学校から家に連れ帰りたかった。だからわたしは、来る日も来る日も、自分にできる方法でそれを実行した。新しいミニチュアを買ったとか、母親が高級そうなお菓子をもらってきたとか、誰もいない押し入れから変な音が聞こえるとか、本当と嘘をまじえて彼女を家に呼んだ。夕刻になって彼女が帰ろうとすると、窓の外を覗き、気持ちの悪い男の人が立っていると言って引き留めた。

一度だけ、引き留めても帰ろうとする彼女の手首を無意識に握ったことがある。伸ばした飴細工のような、白い、なめらかな手首だった。彼女はぎこちなくほっぺたを持ち上げ、わたしが手を離すと、翌日の何でもない授業のことを口にしながら玄関を出ていった。以来、彼女は家に来なくなった。わたしはそれを手ひどい裏切りのように感じて、急に彼女のことが嫌いになった。

でも、大人になったわたしは、もう嘘をついたり、相手の手首を握ったりする必要はなかった。努力して摑んできたものがあったから。目の前で身を硬くして立っている少女に、興味を持ってもらえる力があったから。

──自分で曲をつくったことはある？

夕紀乃は小さな顎を引いてうつむき、まるで悪い行いでも白状するように、ありますと答えた。

——でも、最後までつくれた曲は、一つもないです。

——そんなの問題ない。

ある程度できていれば、わたしが仕上げてやってもいいし、あるいはぜんぶわたしがつくり、夕紀乃の曲として発表しても構わない。そう言うと、彼女は初めてわたしの目をしっかりと見た。

——そういうのは嫌です。

しかしすぐに、自分の言葉に臆したように、また目を伏せた。

——急な話だし……考えさせてください。

名刺を両手で包み込むようにして、彼女はゆっくりと胸もとに引き寄せた。ロングTシャツの胸は薄く、自分のフルネームがそこへ近づいていくのを、わたしは息を詰めて見た。

——ご家族の承諾が必要なら、もちろん会って話す。いまからでも構わないし。

しかし時刻が遅かったので、その夜は夕紀乃を自宅前までタクシーで送るだけにとどめた。彼女の家は市街地からかなり離れた場所にあり、街灯もない真っ暗な場所に、四角い窓明かりだけがぽつんと浮かんでいた。

夕紀乃から電話がかかってきたのは三日後、アパートのがらんとした部屋で、恋人が置いていった空っぽのスチールラックを意味もなく見つめていたときのことだ。

――考えて、決めました。

芯のあるその声が、わたしの右耳を熱くした。

――挑戦してみたいです。

一週間後、彼女はほんのわずかな荷物とギターを持って、新幹線で東京駅にやってきた。その翌日、コンポやたくさんのＣＤ、洋服やパジャマが入った段ボール箱が宅配便でアパートに届いた。わたしはすぐにスティンカー・ベルの営業を再開し、以後、週に二度ほど彼女をステージにブッキングしてきた。いっしょに暮らしていることや、彼女の分のハコ代をわたしが出していることは、バイトスタッフの小島くんやほかの出演者たちには秘密にしたまま。

「……なるほど」

警察署で希津木が返した言葉は、それだけだった。

「田上夕紀乃さんの交友関係について、ご存知のことがあれば教えていただけますか？」

そう訊かれたが、参考になるような答えは返せなかった。人見知りの激しかった夕紀乃は、ライブの共演者たちと打ち解けることもなく、わたし以外に親しい間柄の人間はいなかったのだ。終演後にしばしば若い男性客から声をかけられているのも見かけたが、彼女が上手く言葉を返せないせいで、いつもほとんど会話になっていなかった。なんとか会話が成立していたのは小島くんくらいのものだ。

「男女関係のほうはどうでしたか？」

夕紀乃に彼氏はいなかったと、わたしははっきり答えた。もっとも、長野県で暮らしていたときのことはわからない。わたしは聞きたくなかったし、夕紀乃も話さなかった。少なくとも東京へ出てきてからは、夕紀乃がいっしょに時間を過ごす相手はわたしだけだった。スーパーも楽器店も洋品店も二人で行ったし、おはようもおやすみも、毎日かかさず彼女の耳に聞かせた。夕紀乃のステージが入っていない夜、わたしがスティンカー・ベルで仕事をしているあいだも、彼女は勉強のためだと言って、ホールの隅から出演者たちを眺めていた。長いあいだ離れているタイミングといえば、わたしが心療内科へ行かなければならない、週に一度の数時間だけだった。

「被害者の部屋を、確認させていただきたいのですが」

ひと通りの事情聴取が終わったあと、わたしたちは警察署を出て、希津木が運転する車でアパートまで移動した。夕紀乃の部屋にあるものを一つ一つ、彼は丹念に確認しながら、ときどきデジタルカメラで撮影したり、手帳にメモを取ったりした。インターネットでわたしが注文した衣装ケース。ギター弦などが雑然と入れられた、もとはゴーフルが入っていたらしい四角い缶。クローゼットに並んでいる上着やシャツ。その下に畳んで仕舞われている、彼女が引っ越してきた日にホームセンターでいっしょに買った布団。わたしの恋人が置いていったスチールラックには、夕紀乃が実家から宅配便で送ったたくさんのＣＤや、小中高の卒業アルバム、手書きのコード譜を綴(と)じたファイルなどが並べられていた。

「夕紀乃の遺体は……いま、警察にあるんでしょうか」

訊くと、希津木は手を止め、部屋の時計をちらりと見た。猫の尻尾(しっぽ)が振り子になっているあの時計も、二人で行ったホームセンターで、布団といっしょに買ってきたものだった。

「病院で検視が行われている頃かと思います」

「それが終わったあと、彼女に会うことはできますか？」

「検視後の処置は、まだ具体的に決まっていないので、いまは何とも」

希津木が引きつづき夕紀乃の部屋を確認しはじめたとき、彼のスマートフォンが鳴った。別の刑事からの連絡で、夕紀乃の家族と連絡がついたのだという。遺体の所持品から連絡先が判明したのか、あるいはスマートフォンのロックが解除できたのか、訊いていないのでわからない。

ほどなく希津木は部屋の確認を終え、アパートをあとにした。

わたしは夕紀乃の部屋で膝を抱えたまま一睡もせず、やがて朝が来ると、希津木の名刺に書かれた番号に電話をかけた。

「最後のお別れがしたいんです」

夕紀乃に会わせてほしいと、もう一度頼んだ。

しかし、それに対して彼が返した言葉は、答えになっていなかった。

『ご遺体は現在警察が保管していますが、明日、ご家族に引き渡す予定です』

わたしの戸惑いを察したらしく、彼はしばらく黙ってから言葉を継いだ。

『被害者のご遺族から……あなたを、ご遺体に会わせないよう言われてまして』

「何でですか？　わたし、直接話しますから、連絡先を教えてください」

『連絡先を教えるのも駄目だと言われています』

「どうして――」

『あなたの電話番号は伝えておくので、おそらく、あちらから連絡が来るのではないかと思います』

しかし、夕紀乃の家族から連絡はなかった。

翌日の昼を過ぎても音沙汰はなく、わたしはとうとう耐えきれずにアパートを出た。

新幹線とタクシーを乗り継いで向かったのは、以前に門前まで夕紀乃を送った、彼女の実家だった。夕闇の中に浮かぶ田上家は、門も玄関の戸も開け放たれ、そこから嗚咽とすすり泣きが洩れ聞こえていた。喪服の人々がときおり出入りし、通夜が行われていることが一見してわかった。平服で来てしまったことを後悔しながら、わたしはしばらく塀の陰で立ち尽くした。

玄関口には親族らしい中年男性が立ち、新しい弔問客が来るたび、何か小さく声をかけていた。その様子を眺めているうちに、やがてわたしはあることに気がついた。彼が声をかけているのは弔問客全員ではなく、女性だけだったのだ。悪い予感をおぼえながらも、意を決して近づいていくと、彼はわたしの氏名を小声で訊ねた。

それに答えた瞬間、相手の顔色が変わった。

「そのまま、そこで」

彼は素早く家の中に入り、五十歳前後くらいの女性を連れて戻ってきた。黒い着物を身につけた彼女は、夕紀乃と似た面立ちをしていた。しかしその顔は血の気を失い、紙のように真っ白で、わたしを見る両目は冷たい怒りに満ちていた。

それからほんの一分間ほどで、わたしはいくつかの事実を知った。彼女が夕紀乃の母親であること。半年ほど前、東京のライブハウスで活動したいと夕紀乃に相談され、強く反対したこと。その十日後、彼女が家出同然で出ていってしまったこと。

「どこで暮らすのかさえ、あの子はわたしたちに教えようとしませんでした。あの子が殺されたと警察から連絡があったときに、わたしも夫も初めて住所を知ったくらいです」

静かな言葉の一つ一つが、刃物のように胸を抉った。何も言えなかった。言おうとしても、息が震え、咽喉が詰まって声にならなかった。それでもなんとか、自分が大きな勘違いをしていたこと——夕紀乃が家族の了解のもとでわたしのところへ来たと思い込んでいたことを説明し、深く頭を下げた。そんな謝罪に何の意味もないことは百も承知で。

「今後のことは、こちらから連絡します」

最後にそれだけ言って、彼女は家の中に戻っていった。周囲に立つ喪服姿の人々は、いつのまにか数を増し、誰もが身じろぎさえせず、表情のない顔と、黒目が消え去ったような目を、ただわたしに向けていた。

夕紀乃の母親が非通知で電話をかけてきたのは、昨日の朝のことだ。二日後に夫と二人でこのアパートまで娘の荷物を取りに行くとだけ言い、彼女はわたしの言葉も待たずに通話を切った。人間と話しているのではなく、まるで機械相手に音声メモでも残すように。

（二）

呼び鈴にドアを開けた瞬間、見たことがある気がした。

はじめは仕事関係で会った誰かかと思ったが、相手が半白の眉を下げて「田上です」と名乗った瞬間、冷水をあびせられたように身体が強張った。

「夕紀乃の……お父様ですか？」

母親に追い返された夜、喪服の人々の中に、きっとこの顔もあったのだろう。黒目が消え去ったような目を、この人もわたしに向けていたのだろう。

「荷物を取りに来るのは明日だと、奥様から伺っていたんですが――」

「今日は、私一人で、別の用事で来ました」

目を伏せながら、彼は玄関に入った。顔の下半分が灰色のひげに覆われている。夕紀乃が死んでから今日まで、鏡に向かう余裕など一度も持てなかったに違いない。痩せ細ったその顎のあたりを見つめながら、わたしは相手が言葉をつづけるのを待った。

「あなたに……お礼を言わなければと思いまして」

口にされたのは、予想もしない言葉だった。

「半年間、あの子の面倒を見てくれて、ありがとうございました」

いきなり頭を下げられ、わたしは困惑した。

「でも……ご自宅にお伺いしたとき、わたし奥様にすごく叱られて――」

「妻の非礼については、ご寛恕いただければと思います。私のほうは、もともとあの子の音楽活動を応援していたんですが、妻はずっと反対していたもので……だからこそ、あなたに怒りをぶつけてしまったんじゃないかと思います」

呟かれる声には力がなく、まるで壁の向こうから聞こえているようだった。隣家でつづいている解体工事の音が、その声を余計に不明瞭にした。

「うるさくて、すみません」

玄関のドアを閉めると、騒音はいくぶん遠のいた。

「お父様が応援してくれているという話は、彼女からときどき伺っていました」

CDコンポもアコースティックギターも、父親に買ってもらったと夕紀乃は話していた。高校二年生のとき、ライブハウスで歌ってみたいと相談したときも、父親は彼女の味方につき、強硬に反対する母親をいっしょになって説得してくれたのだという。

――もしかしたら、お父さん、自分の人生をちょっと後悔してるのかもしれません。役所勤めの仕事人間で、趣味もない人だからと、夕紀乃は言っていた。

――ほんとに、びっくりするくらい、平凡で退屈なんです。

苦笑いしながらの言葉だったが、その口調は家族への愛情に満ちていた。夕紀乃から母親の話をされたことは一度もなかったけれど、いまにして思えば、折り合いが悪かったからなのだろうか。

「あそこが、夕紀乃の部屋でした」

奥の右側にある部屋を手で示した。さっき『朝が来ますように』を聴いていたときに呼び鈴が鳴ったので、ドアは開いたままになっている。

「荷物を運び出しにいらっしゃる前に、ある程度でも梱包しておこうと思ったんですけど……けっきょく、ぜんぶそのままにしてあって……」

「あの子が暮らしていた部屋を見ておきたかったので、かえって助かります」

短い廊下を抜け、二人で夕紀乃の部屋に入った。

「やっぱり……ものが少なかったんですね」

「ご実家でも、そうだったんでしょうか」

「あの子は、いつも音楽のことばかり考えていましたから」

穏やかな声を返し、夕紀乃の部屋を見渡す。視線が一周するあいだ、鼻から長々と、唸るような息が洩れるのが聞こえた。その様子から、なんとなく察せられるものがあった。妻と二人では、こんなふうにじっと部屋を眺めることはできないと考えたのではないか。わたしに礼を言うために来たと言っていたが、もしかしたら、こうして夕紀乃の部屋をゆっくり眺めておきたいという気持ちもあったのかもしれない。彼女の死後、わたしがずっとこの部屋で過ごしていたように。ほとんど眠らず、食事もとらず、心療内科で処方された薬ばかりを服みながら。

そんなふうに考えたとき、哀しみと後悔で埋め尽くされていた胸に、ほんのわずかだが、あたたかいものを感じた。唐突にこの世から消えてしまった夕紀乃。いまも捕まらない犯人。何ひとつ教えてくれない警察。実家の玄関先で刃物のように突き出された母親の言葉。わたしに向けられた喪服の人々の目。――こみ上げた言葉が、抑える前に咽喉の先へ出た。

「変なお話をしても、いいでしょうか」

（四）

「あの子の……声ですか」

夕紀乃のCDコンポの前に、わたしたちは隣り合って座っていた。

「曲の終わりに、たしかに聞こえたんです」

夕紀乃の囁き声が聞こえたCD――いまコンポに入っているこのCDは、販売用ではなく、彼女個人のものだ。マスター音源から焼いたCDは全部で三十一枚。最初に焼いた一枚を夕紀乃にプレゼントし、残りの三十枚をスティンカー・ベルでの販売用にした。わたしが手渡した最初のCDに、夕紀乃は「Yukino's」とマジックで書きつけ、ずっと大切にすると言って、自分の部屋に仕舞った。どこに仕舞ったのかをわたしが知ったのは、つい今朝のことだ。スチールラックに並んだCDコレクションの中――好きなアーティストが五十音順に並べられ、その並び方に従うかたちで、『朝が来ますように』が挟まっていた。

「いっしょに聴いていただいても、よろしいでしょうか」

コンポからヘッドフォンのジャックを引き抜く。

「何かを……頼まれているようにも聞こえるんです」

父親ならば、わたしが聞き取れなかった彼女の言葉を理解できるのではないか。

「これは夕紀乃が初めてつくった曲なんです」

相手が頷くのを待ってから、わたしはコンポの再生ボタンを押した。

聴き慣れたアコースティックギターのイントロがスピーカーから流れる。

わたしは目を閉じた。もう二度と本物を聴くことができない、夕紀乃の歌声。セブンスを多用したコード進行と、摑めそうで摑めない言葉たち。歌詞に出てくる、遠い昔に聴いた「Slowly, Slowly, Go」というのはどんな曲かと訊ねたら、架空の歌だと言って、夕紀乃は恥ずかしそうに笑っていた。彼女の存在が霧の中へ消えていくように、一番が終わる。ほんの短い寂しさのあとで、ふたたびやさしい歌声が聞こえてくる。スティンカー・ベルでこの歌を録音した日のことが思い出され、閉じた瞼（まぶた）の内側が熱くなった。目をひらいたら涙がこぼれてしまいそうで、わたしは瞼に力を込めつづけた。

夕紀乃の気配。——涙が瞼の端からあふれ出し、鼻の脇を伝っていく。やはり感じる。すぐそばに夕紀乃がいる。わたしはゆっくりと両目をひらいた。しかし、涙でぼやけた視界の中には、ただ彼女の部屋が広がっているばかりだ。タイトルと同じ言葉で、最後のリフレインが耳に届く。朝が来ますように。朝が来ますように。朝が来ますように。彼女には、もう朝などやってこないのに。全身に力を込め、嗚咽を堪えながらアウトロに耳をすます。夕紀乃の囁きを、音の向こうに聞こうとする。

しかし、何も聞こえない。

彼女は何も囁いてくれない。

やがて曲が終わり、ＣＤがかすかな音を立てて回転を止めた。

「……どの部分ですか？」

「曲の最後です、アウトロのところです。でもいまは聞こえませんでした。さっきは聞こえたんです。二回再生して、二回とも」

言いながら、わたしはもう一度コンポの再生ボタンを押した。

「二番のサビのあとです。ぜったい聞こえたんです」

しかし——。

今度も、夕紀乃は何も囁いてくれなかった。

ふたたび曲が終わり、スピーカーは死んだように沈黙する。顔を上げると、ひどく困惑した両目がそこにあった。痩せ細り、肌が荒れきり、髪に櫛も通していないわたしを、じっと見ていた。その目にどんな思いが込められているのか、まるで書かれたものを読むように、はっきりとわかった。

「違うんです、本当なんです。さっきは確かに聞こえたんです。夕紀乃が小さな声で囁いて、何かをしてくださいって、頼み事をしてるみたいな、お願いをしてるような——」

涙がまたこみ上げ、声がつづかなくなる。相手も唇を結んで黙り込んだままでいる。そうしてどちらも言葉を発さないまま、わたしたちはただ、隣家でつづく解体工事の音を聞いていた。電動ドリルの振動が部屋の窓を震わせ、その震えが、だんだんとわたしの頭の内側へ侵入してくるように思えた。頭蓋骨の中にあるものを力まかせに撓(たわ)ませながら。意識も記憶も歪ませながら。

「あなたに会えて、よかったです」

やがて発せられたその声には、聞き違えようのない哀れみが込められていた。

「あなたのことが、よくわかった気がします」

（五）

あれから一日が過ぎた。

いま、わたしは一人、夕紀乃の部屋に座り込んでいる。

床には錠剤のシートと、水が入ったグラス。

その手前に置かれている包丁は、さっきキッチンから持ってきたものだ。

錠剤のシートから薬を押し出し、グラスの水で咽喉へ流し込む。これでいくつ目だろう。この薬は、何にどう作用すると、医者は言っていただろうか。もうすっかり忘れてしまった。でも、仕組みなんて知らなくても、役には立ってくれる。錠剤を咽喉の奥へ流し込むたび、いろんなことが遠々しく思えてくる。海を挟んだ街のように、すべての輪郭が白くかすんでいく。

夕紀乃との出会い。このアパートでの同居生活。やっと曲が完成したと言って、彼女が『朝が来ますように』を弾き語ってくれた夜のこと。スティンカー・ベルでのレコーディングと、ライブでの初披露。華奢な両肩にギターケースとショルダーバッグを提げ、階段を上っていった後ろ姿。

本当はわたしも、シンガーソングライターになりたかった。ずっと夢見ていた。四歳でピアノを習いはじめ、教師宅でのレッスンは厳しくて嫌だったけれど、家のアップライトピアノでは、思うままに鍵盤を叩いて遊んだ。ピアノの音に合わせ、頭に浮かんだメロディーをハミングで重ねたりもした。そんなわたしを眺めながら、父も母も、将来は音楽家になれるんじゃないかと言ってくれた。その言葉を真に受けて、わたしは真剣に曲づくりをはじめた。詞をのせて歌にした。夕紀乃と同じように、高校二年生の頃にはライブハウスに出るようになった。アルバイトで稼いだお金をみんな出演料にかえて。力を持った誰かが、いつか自分を見つけてくれると信じて。

でも、待っても待っても声なんてかからなかった。自分の歌を録音してレコード会社に送っても、オーディションに応募しても、つらい言葉が書かれた通知ばかりが郵便受けに届いた。三十代になったとき、夢を棄てた。それでも、誰かに夢を託したくて、たくさんの借金をしてあのライブハウスをつくった。いくつものバンドやシンガーをステージに立たせ、集客にも汗を流してきた。大きな成功を目にすることができないまま月日は過ぎていったけれど、半年前、夕紀乃と出会ったあの夜に、とうとう見つけたと思った。わたしと一つになって、わたしといっしょに生きて、時間を巻き戻して、同じ夢を叶えてくれる人を。

でも、彼女は消えていった。

わたしの前から。この世界から。

今日は、本来ならば夕紀乃の両親が彼女の荷物を引き取りに来るはずの日だ。

しかし、その予定はなくなった。

ここにはもう、持っていくものなど何一つない。

——あなたのことが、よくわかった気がします。

昨日のうちに、みんな運び出されてしまった。

——申し訳ないが、あの子のものを、一日でもここに置いておきたくない。

一つ残らず、問答無用で車に積み込まれ、持っていかれてしまったのだ。呆然とするわたしの目の前で。夕紀乃のCDコンポも、ギタースタンドも、服もパジャマも、ギター弦などが仕舞われていたゴーフルの缶も、スチールラックの中身も、『朝が来ますように』が入ったあのCDも、彼女が使っていた布団も枕も。玄関の靴箱に入っていた、履き古されたスニーカーも。

——最後にもう一度だけ曲を聴いてください。夕紀乃の声が——。

運び出されようとしているCDコンポにすがりつき、わたしは叫ぶようにして頼み込んだ。

しかし彼はわたしを肘で押しやり、無造作にコンポを抱え上げた。機械の後ろに接続されたケーブルがぶちぶちと音を立てるのも構わずに。

——あの子がいるのは——。

最後に、目も合わせずに言われた。

――あなたの頭の中ですよ。

きっと、その言葉は正しかったのだろう。

この部屋には、もう夕紀乃のにおいさえ残っていない。そのことに気づいたとき、わたしはキッチンに向かい、包丁を手に取った。

左腕の袖をまくり、右手で床の包丁を握る。隣家の解体工事は終わったのか、物音ひとつしない。手首を切るとき、どんな音が聞こえるだろう。皮膚が裂けるかすかな音さえ耳に届きそうなほど、部屋は静かだった。いや、外からエンジン音が聞こえる。だんだんと大きくなって止まる。包丁を握ったまま立ち上がり、わたしはふらつく足で窓辺に近づいた。ガラスに顔を寄せると、長野ナンバーの軽トラックが、路地の端で停車している。フロントガラスに太陽が反射して顔は見えないが、助手席に座っているのは女性のようだ。運転席のウィンドウが下ろされ、五十代くらいの男性が、確かめるようにアパートを見上げる。あれは誰だろう。どこかで会った気がする。もっとよく見ようとしたが、目の焦点が合わない。みんな遠ざかっていく。

https://www.youtube.com/
watch?v=53dNRwVQ8yM

第二話

こんばんは王

（一）

駅から目的のビルへ向かうのに、上野（うえの）公園を抜けようとしたのが間違いだった。園路の両端がレジャーシートで埋め尽くされ、大勢の馬鹿どもが桜を見ながら浮かれている。そいつらのせいで歩行可能な場所が極端に狭くなり、さらにその狭いスペースを歩いていくのもやはり馬鹿ばかりで、カブトムシでも追い越せそうなペースで進みながら、あちこちで立ち止まっては花を見上げたり写真を撮ったりしている。

そんな馬鹿たちのあいだを俺はジグザグに進む。進みながら思う。昔よくレンタルビデオ屋で借りてきたＤＶＤシリーズのように、時間が停まってくれればいいのに。そうしたら俺は、まず目の前をのろのろ歩いているこの中年夫婦を力いっぱい蹴飛（けと）ばす。そして行く手の歩行者たちをドミノのように全員ぶっ倒したあと、そいつらの背中の上をぎゅうぎゅう歩いていく。あるいは園路の左右に敷かれたレジャーシートの上を進み、奴らが広げている弁当を一つ一つ踏みつけていってもいい。たまにソーセージや手毬（てまり）寿司を食うなどしながら。しかしそれはあ

くまで思うだけで、

「あちょっと、ごめんなさいね、すんません」

人の脇をすり抜けるたび、俺の口からはそうした言葉が出てくる。背中は弓なりに縮こまり、顔にはいかにも心苦しそうな表情が浮かぶ。そんな自分の卑屈さがいっそう苛立ちをつのらせるのはいつものことだ。

ようやく不忍池の傍まで行き着いたと思ったら、また人だらけだった。しかもこちらは屋台がいくつも並び、それぞれの前に行列ができている。ストレスは身体に悪いらしいので、少しでも気を静めようと、俺は上着のポケットから煙草を取り出した。

「園内は禁煙です」

火をつけようとしたら制服姿の警備員が駆け寄ってきた。まるで人殺しでも目撃したように両目を瞠って。歳はおそらく三十前後。きっとまだ俺の半分も生きていない。年上を敬うことも知らない馬鹿がまた一匹。

「あ、申し訳ないです。駄目なんですね」

「向こうに喫煙所がありますんで」

警備員が指さしたのは、はるか彼方だった。そこで喫ってくださいというわけではなく、園内が禁煙であることを強調したいだけなのだろう。世の中はもうあなたの生きてきた時代とは違うんですよと言いたいのだ。こんなところで警備員なんかやっているくらいだから、こいつは大学も出ていないに違いない。出ていたとしても低ランクで、親に高い学費を出してもらいながら、勉強などろくすっぽせず、少しばかり顔がいいのを利用して遊び回っていたに決まっている。

「あらら、けっこう遠そうだな。いえ大丈夫です。すみません私、ここが禁煙って知らなかったもんで」

　煙草をポケットに戻し、ついでに格安プランのスマートフォンを取り出して時刻を確認する。午後一時五十三分。あと七分でセミナーがはじまってしまう。高い参加費を払って申し込んだのだから、一秒でも遅刻するわけにはいかない。いや一秒くらいはいいかもしれないが、十秒や二十秒はまずい。もし冒頭でいきなり何か重大なことが話されたら、そのぶんほかの参加者たちが得をすることになる。

「じゃ、あの、どうも」

　逃げ去る感じに見えないよう、なるべくガニ股でその場を離れた。アホ面を下げた連中のあいだを縫って公園の出口に向かう。腕や肩が人にぶつかり、何度か舌打ちが聞こえてくる。そのたび誰かがボタンでも押したように、俺の首は自動的に縮こまり、咽喉からは自分の失敗を即座に恥じるような声が洩れる。それらはやはり俺の苛立ちと怒りをどんどん搔き立てたが、公園を出て目的のビルにたどり着いたとたん、急にどうでもよくなった。

　きらきらと太陽を跳ね返す、高級感たっぷりの正面玄関。

　いかにもいいことにつながっていそうなその場所に飛び込む。腹が減っているときラーメン屋に入ると、食べもしないうちから元気が出てくるように、俺はもう成功したつもりでエレベーターホールへと向かった。△のボタンを叩くように押す。ボタンは押してもへこまず、ランプがつくだけで、しかしエレベーターはすぐに来た。四階へ行き着くと、埃ひとつない廊下が左右に延び、片側にドアがいくつか並んでいる。そのうちの一つに、小洒落たレストランの前にあるような立て看板が置かれ、セロハンテープで紙が貼られていた。

「14時〜　65歳からの**必勝**資産運用セミナー」

　部屋は若干横長で、会議机が六つ、麻雀牌の六索(ローソウ)を横にしたような感じで置かれていた。参加者は全部で三十人ほどだろうか。並んだ折り畳み椅子は八割ほどが埋まっていて、当たり前といえば当たり前だがハゲと白髪頭が多い。幸いにして俺はまだどちらの組合にも属していなかったので、見せつけてやるつもりで、ハゲた白髪男と、ハゲた白髪男のあいだに陣取った。左右の男たちは俺のために椅子をずらす様子を見せたが、ほとんど仕草だけで、実際には一センチも動いていない。ポーズばかり気にする日本人の、典型的な馬鹿げた行動だ。男たちはどちらも靴下がくるぶしのあたりでたるんでいて、それが彼らの知性そのものに見える。

「どうも、申し訳ないです」

　ぼそりと謝りつつ壁の時計に目をやると、二時ちょうど。

　上着の内ポケットから、百円ショップで買ってきたリングメモと、四十年以上前に就職祝いで祖父からもらったモンブランのボールペンを取り出して机に置いた。

静まり返った部屋。正面には演台とホワイトボード。誰かの咳払い。それにつられた別の咳払い。俺もまたうっかり咳払いをしながら、周囲のじいさんたちをそっと見渡す。いや、よく見るとばあさんも二人ほどいた。年金や旦那の退職金だけでは生活が心配なのだろうか。あるいは独身で、金の力で孤独を埋めようとしているのかもしれない。それにしてもこいつら全員、急に気が変わるか、用事だの法事だのを思い出して、帰ってくれないだろうか。そうすれば俺がマンツーマンで話を聞くことができるのに。

若い女が現れ、全員が顔を上げた。

長い茶髪に、カナブンが並んだような爪。スーツを着せられたキャバクラ嬢のような。いや行ったことはないが、きっとあんな感じなのだろう。痩せているのに胸ばかり馬鹿でかく、まるで身体の大きな知り合いからそこだけ借りてきたようだ。彼女は気だるそうに演台の脇に立つと、いかにも学がなさそうな口調で、お集まりいただいてありがとうございますと言った。

「事前に参加費の御入金をいただいた方以外は参加できないので、確認させてもらいます。わたしが順番に名前を呼ぶので、返事をお願いします」

「御入金」を、彼女は「おにゅうきん」と発音した。アルバイトで適当に雇われ、喋る内容をメモか何かで渡されたのかもしれない。べつにこの女が講師というわけではないので、漢字くらい読めなくても構わないのだが、名前を呼ばれてこちらが順番に返事をしていくなんて、まるで小学校だ。

「アイカワミキオさん」

「はい」

「イノウエタツヤさん」

「はい」

彼女は手元のＡ４判用紙を見ながらそれぞれの名前を呼び、出席者たちは呟くほどの声で返事をする。

「カミヤマコトさん」

「はい」

「マカワケンジさん」

「シンカワです」

阿呆かこの女は。明らかに五十音順に氏名が並んでいるというのに、カのあとにいきなりマが来るわけがない。などと思っているうちに自分の名前を呼ばれたので俺は返事をし、彼女はその後も何度か漢字を読み間違えながら全員の出欠確認を終えた。

「では講師の寺門徹(てらかどとおる)先生にお入りになっていただきます」

さすがに講師の名前は間違えず発音し、彼女はヒールを鳴らして部屋を出ていった。入れ替わりで入ってきたのは、セミナーのチラシで紹介されていた「有名ファイナンシャル・プランナーの寺門徹先生」だ。見たところ歳は四十(しじゅう)くらいだろうか。床の上を滑るような、肩を動かさない独特な歩き方。ダークグレーのスーツに、日灼(ひや)けした彫りの深い顔。精悍(せいかん)なイメージの短髪と、薄茶色のセルフレームの眼鏡。レンズは角張った長方形で、それがややわざとらしくインテリを印象づけている感はあったが、まあ美男子の部類に入るだろう。俺だって若い頃はいい男で、職場の女たちにもけっこうモテたものだが、いまや自分の顔を見るたび老けが増して醜くなっていく。洗面所の鏡を覗（のぞ）くこともほとんどなくなり、滅多にひげを剃らないのもそのせいだが、独り身なので誰にも文句は言われない。

「資産運用はギャンブルです」

短く自己紹介したあと、寺門徹は演台の向こうでいきなりそう言った。えっと思った。ギャンブルならば、俺はまた同じ失敗を繰り返すだけなのではないか。なにしろ持ち金を競馬競艇パチンコであらかた溶かし、財産と呼べるものが積み立て型の医療保険くらいしかなくなり、後悔で自殺まで考えていたのがつい先週のことなのだ。

「ただし、勝てるギャンブルです」

ほっとした。まさに俺が求めていたものだ。

金の運用に関しては実のところ俺もズブの素人というわけではなく、勤め人時代には株をいくらかやっていたし、はっきり言ってけっこう儲かってもいた。最初に買ったのは、男性情報誌でオススメされていた「るるねっと」というインターネットサービスプロバイダの株。それがどんどん成長し、三倍近くになったときに現金化したら、なんと直後に株価が急降下しはじめ、やがてその会社は倒産した。俺は自分の幸運を喜んだが、それも束（つか）の間（ま）のこと。儲けた金をつぎ込んで買った株がことごとく値を下げ、瞬（またた）く間に資産は減っていった。定年退職間近、一発逆転のつもりで持ち金をほぼオールインして買ったのは、ある航空会社の株だったが、そこが何の前触れもなく経営破綻し、株券は一瞬で紙くずに変わった。

　定年後は目先の金ほしさに競馬競艇パチンコに通いはじめ、貯金も退職金もすっかり失い、そのときアパートの郵便受けにこのセミナーのチラシが入っていたというわけだ。チラシに書かれた「**必勝**」の二文字を睨(にら)みながら、俺は思った。「るるねっと」以降に買った各社の株も、値が下がる原因がきっとあったのだろう。どでかい金を失った航空会社の経営破綻も、本当に何の前触れもなかったわけではないのだろう。ただ俺が知らなかっただけで、プロならば事前に気づいていたに違いない。不見転(みずてん)では最初から勝ち目なんてなかった。自分に必要なのは、頼るべきプロだ。知識を持った「先生」だ。そう考え、俺は一万円の参加費を振り込んでこの場所に来た。

「アメリカでは、人生で成功するために必要なのは三人の専門家だと言います。医者、弁護士、そしてＦＰです」

　最後のやつはいったい何かと首をひねったら、寺門徹はワイシャツの胸に両手をあてて「ファイナンシャル・プランナーです」と付け加えた。さっきもそうだが、相手の頭にいったん「?」をぶつけ、すぐにそれを解消するというこの話し方は、一種のテクニックなのだろうか。

「資産運用に関して自分で一から勉強するには途方もない時間がかかります。私自身もかなりの時を費やしてきました。だからこそここに立っています」

　よく通る声で喋りながら、「私」という言葉とともに自分の胸を叩き、「ここ」と言うときは突き刺すような仕草で床を指さす。

「いまでは様々な投資家、また多くの有名企業さんからのご相談もいただいています。ただし今日のセミナー以降、私は皆様のパーソナルＦＰになります。いま現在皆様がお持ちの貯蓄、年金、退職金を増やすためのお手伝いを専門でやらせていただきます」

自信に満ちた弁舌に、参加者たちの曲がった背中がだんだんと伸びていく。俺も全身をタワシでこすられているような興奮をおぼえたが、寺門徹がつづけた言葉にふたたび「？」となった。そして今度の「？」は、話のつづきを聞いても消え去ることはなかった。

「皆様の資産を私のほうで大切に運用させていただき、利益はそのまますべて配当するので、年利で二十パーセントは確実にお渡しできるかたちとなります。百万円に対して二十万円以上、一千万円なら二百万円以上です」

そんな馬鹿な話があるだろうか。参加者から金を集め、それを運用して利益を出し、その利益をみんな相手に還元して、しかもそれが年利で二十パーセント以上だなんて。

「運用方法については外部に漏れるとまずいので、残念ながら詳細をお話しすることはできないのですが、大まかに言うと株式、ＦＸ、仮想通貨を組み合わせたコンプレックス方式を実行させていただきます」

これはもしや――いや、もしやどころではない。

完全に詐欺なのではないか。こうして投資のことなど何も知らない高齢者を集め、自信満々の喋りとカタカナ用語で煙(けむ)に巻き、貯金や退職金や年金をぶんどろうという算段なのでは？

俺はちらりと左右の参加者たちに目をやったが、彼らはまるで理想郷の完成予想図でも見せられたように、一様に眉を持ち上げて演台に注目している。ひょっとして、セミナーのチラシを配る時点で、引っかかりそうな人間を選んでいるのだろうか。知性を欠いているくせに、ちょっとでも金を増やしたがっているような人間を。たとえば居住地域や住居の外観から判断して。

「ご参加いただいた皆様に、まずお願いしたいのは、私を信じてもらうことです」

ここで寺門徹は眼鏡を外して前傾姿勢になり、参加者一人一人の顔をゆっくりと見渡した。普通に考えて、俺たち年寄りが老眼鏡をつけたり外したりするのと違い、相手の顔をよく見るのであれば眼鏡をかけたままのほうがいいに決まっているのに。しかしその理由はすぐにわかった。寺門徹の両目は馬みたいに曇（くも）りなく澄（す）み、角張った眼鏡が外されたことで、それがいっそう強調されていた。なるほど、これもテクニックの一つなのだろう。言葉だけではなく容姿や眼鏡も最大限に活かして自分を信用させようというわけだ。

「あの……先生？」

二人だけいるばあさんの一人が、妙に優等生じみた所作で手を挙げた。

「すごく魅力的なお話だと思うんですけれど、ほんとにそんなに上手くいくものなのでしょうか。わたし、お金の増やし方とか何も知らないもので、心配で……」

「投資に失敗する原因はたった一つしかありません」

寺門徹は人差し指を立てた右手を印籠のように突き出す。

「それは、正しく投資しなかったことです。では正しい投資とは何か。あらゆる合法的な手段の中で、最も効果があり、かつ目的にかなった投資です。手前味噌ですが、私はそれを知り尽くしているので、そのあたりはどうぞご安心いただければと思います」

　ちょっと考えれば誰でも無意味だと気づくような言葉だったにもかかわらず、質問したばあさんは、これで安心という顔で頷いた。いや、ばあさんのみならずほかの年寄りたちも、よくぞ肝要なところを確認してくれたというように、ゆったりと首を縦に揺らしている。どうやらこいつらは筋金入りの阿呆だ。

「投資にまず必要なのは正確な情報で――」

　寺門徹が滔々と話しつづけるのを眺めながら、俺は自分をとことん情けなく思った。かつて投資をやっていたこともあるくせに、「必勝」などというあり得ない言葉を信用し、脳が松食い虫にやられたようなじいさんばあさんとともに、こんなセコい詐欺の現場に来てしまった。しかも事前にけっこうな額の参加費を振り込んで。だいたい、チラシに印刷された講師の名前を見たときから、どうも縁起が悪いと感じていたのだ。「徹」という名前はどうしても、俺をこんな人間に変えた昔の出来事を思い出させる。

　そう、俺はもともとこんな人間じゃなかった。

　もっと自信に満ちて、もっと堂々と生きていた。

「投資はスポーツに似て――」

　早いところずらかろうと、俺は机の上のメモ帳とボールペンを摑んだ。それを上着の内ポケットに突っ込みながら、部屋の出口に目をやる。さっき出ていったあの若い女を見つけ、振り込んだ金を返せと脅しをかけようか。いや、彼女に決定権はないだろうから、おそらく無駄だ。となると、セミナーが終わるのを待ってから寺門徹先生に詰め寄ったほうがいい。このまま奴の話を黙って聞き、問い詰める材料をじっくり集めたうえで、セミナー終了後にとっ捕まえよう。

「素人がプロに勝つようなことは絶対になく――」

振り込んだ参加費を取り戻したあとは、いったん仕切り直して、何か別の金儲けを考えるしかない。いい方法は、どこかにきっとあるはずだ。

博才のない自分にもできる方法。

でかくて確実な方法。

……待て。

いつのまにか俺は演台の向こうを凝視していた。

そこに立つ「有名ファイナンシャル・プランナーの寺門徹先生」を、想像の中で若返らせてみる。五年。十年。二十年……もっと具体的に、二十五年。短く整えられた髪をぐっと伸ばし、眉を細くする。高（たか）級そうなダークグレーのスーツを、モスグリーンのブレザーに変えてみる。

その瞬間、俺は胸にボウリングの球でも落ちてきたような衝撃をおぼえた。

もしかして。

いや――しかし苗字が違う。

俺は内ポケットからスマートフォンを取り出し、机の下でネット検索の画面をひらいた。「寺門徹」と入力してみる。ただの同姓同名と思われる人物のSNSアカウントや、苗字で引っかかってきたのか、ダチョウ倶楽部のメンバーの写真が出てくるばかりだ。しかし「ファイナンシャルプランナー」という言葉を追加してみると——出た。いま目の前で喋っている男の顔写真がいくつか。そして、誰かのブログ。そのブログは冒頭の文章だけが検索結果に表示されていたが、そこに「明らかな詐欺」という言葉が見て取れた。しかしいまはそれを読んでいる場合ではないし、そもそもこのセミナーが詐欺まがいであるのはわかりきったことだ。俺はさらに「経歴」とキーワードを追加して検索をかけた。

すると、ざっと調べただけでつぎのようなことがわかった。

一九八〇年生まれ。慶應義塾大学経済学部を卒業後、「寺門コンサルティング株式会社」に入社。後に社長の一人娘と結婚。その会社が二〇一九年に経営破綻したあとは、ファイナンシャル・プランナーとして独立。父親は一九九九年に倒産したインターネットサービスプロバイダ「るるねっと」の創業者であり取締役社長（当時）の片野康男（かたのやすお）。

間違いない。

寺門徹は、かつて中央区の私立東陽（とうよう）高校に通っていた片野徹だ。一九八〇年生まれということは現在四十二歳で、二十五年前は十七歳だから、計算もぴたりと合う。苗字が寺門に変わっているのは、「寺門コンサルティング株式会社」という会社の社長令嬢と結婚したときに婿入りしたのだろうか。

二十五年前――まだいまほど開発されていなかった中央区晴海（はるみ）エリア。

そこにあるアパートの一室で起きた、いまも犯人が捕まらずにいる女性教師殺害事件。

脳裏に釘付けされたように、はっきりと憶えている。事件の夜、死んだ女性教師の部屋から片野徹が出てくるのを、俺はこの目で見ていたのだ。当時の俺がけっこうな額の株を持っていた「るるねっと」の、社長の御曹司が、人目を避けるようにして出てくるのを。

眼球の裏側で音のない花火のようなものがぱちぱちと連続して瞬きはじめた。演台の向こうで寺門徹は相変わらず演説をぶっていたが、もう俺の耳には何も入ってこない。全身が熱くなり、強烈な尿意が生じて、まるで膀胱（ぼうこう）が心臓になったように脈動しはじめていた。俺は机の下でスマートフォンを操作し、興奮で汗ばんだ指が何度か文字を押し違え、たった三つの単語を検索ボックスに入力するまでしばらくかかった。


「殺人　時効　いつまで」


検索結果を睨みつけているうちにも尿意は増し、寺門徹が十分間の休憩をアナウンスしたときにはもう限界で、俺は誰よりも早く部屋を飛び出していた。

廊下の奥にある便所まで内股で走り、急いで小便器の前に立つ。肛門のあたりが緊張して尿が出てこない。そうしているあいだにほかの参加者たちが次々に入ってきて、俺の左右に二つずつ並んだ小便器を使いはじめ、背後に一つある個室にも入っていった。天井のスピーカーからは場違いな『新世界より』が流れ、俺の膀胱は破裂しそうだというのに相変わらず一滴たりとも尿は出てこず、しかしこのまま便器を離れてしまったら、その瞬間にいきなり漏れ出る可能性もある。いったん寺門徹のことを忘れて小便に集中しようと思ったが上手くいかず、まったく動けずにいるうちに左右の男たちが用を足し終えて出ていった。入れ替わりに誰かが入ってきて、俺の場所から一つあけ、いちばん入口側にある小便器を使いはじめる。視界の左端に映るそのシルエットはスーツ姿で、もしやと思って首を回すと——やはり寺門徹だった。

　俺の尻にはいっそう力がこもり、尿道はいよいよ固く閉ざされた。背後の個室で水を流す音がし、誰かが出ていく。残っているのはもう俺と寺門徹の二人だけだ。向こうも向こうで、なかなか小便器から離れない。結石でもあるのだろうか。しかし横顔にはごく自然な笑みが浮かび、天下太平といった様子だ。俺はその横顔を盗み見ながら、こっそり深呼吸をした。一回。二回。念のため三回。

「ねえ……先生」

　俺の人生を変える、決定的瞬間だった。

「俺、あなたの秘密を知ってるんですけど、興味ないですかね？」

　寺門徹は首を回してこちらに顔を向け、俺たちは小便器を一つ挟んでまともに目を合わせた。

「あなたが東陽高校にいた頃の話なんですけど」

　言葉とともに寺門徹の表情（かおいろ）が瞬時に変わった。頬笑（ほほえ）みがすっと消え去り、ついで、こめかみあたりの皮膚を上から力まかせに引っ張られたように、顔全体が引(ひ)き攣(つ)った。

「先に言っときますけど、殺人事件の時効制度は二〇一〇年に廃止されてますから。あの事件が起きたのは一九九七年の二月。いまは二〇二二年の四月だから、引き算すると二十五年プラス二ヵ月経ってます。先生、計算は得意でしょ？」

寺門徹は引き攣った顔のまま、口の両端を無理やりのように持ち上げて微笑(わら)ってみせた。しかし俺が笑い返すと、その微笑は魔法のように消え失せた。

「以前なら殺人事件は二十五年が時効だった。だからあの事件の犯人は、いまから二ヵ月前に無罪放免になっていたはずです。ところが法改正のせいで、残念ながらそうじゃなくなった」

知識としては、もちろん以前から持っていた。先ほど机の下で調べ直したのは、その知識に間違いがないかどうかを確認したかったからだ。殺人事件の時効制度が廃止されたとき、過去の事件についてもそれが適用されたことを。

「何がおっしゃりたいのか、まったくわからないですけど」

俺は相手に聞こえるぎりぎりの音量まで声を落とした。

「女性教師が、自宅で殴り殺された事件のことですよ」

相手もまた、同じように声をひそめる。

「私は……そんな事件なんて知りませんが」

「俺ね、たまたま見ちゃったんです。事件が起きた夜、あの部屋からあなたが出てくるの。もらい事故がどうしても心配で、俺あのとき警察に言わなかったんですけどね……あれ、あなたが殺したんじゃないですか？」

「何の話をされてるのか――」

「金を、都合してもらえないかと思うんです」

寺門徹は両目を瞠って唇をすぼめ、カマキリみたいな顔になった。天井からは『新世界より』が流れつづけ、いかにもクライマックスというように太鼓が鳴り響き、バイオリンが小刻みなフレーズを演奏している。

「とりあえずは百万くらい」

天井から響く曲はどんどん盛り上がっていき、じゃん！　じゃん！　じゃん！……じゃん！……と少々しつこい繰り返しがあったあと、じゃーんと大きくいろんな楽器が鳴って、とたんに静かになった。それを待っていたわけではあるまいが、寺門徹がチャックを上げてゆっくりと後退し、センサーがその動きを感知して小便器を洗う。

便所の出口に向かいながら、彼は独り言のように呟いた。

「セミナーが終わる時間に……ビルの下で待っててください」

寺門徹が便所のドアを出るのと同時に、あれだけひっこんでいた尿がいきなりほとばしり出て、いつまでも止まらなかった。

（二）

二十五年前、俺は中央区晴海のマンションで暮らしていた。あのエリアの本格的な開発が進む前ではあったが、その予兆はあり、家賃はかなり高かった。そんなところに住めていたのはもちろん、給料以外に株で儲けていたからだ。部屋は十二階建ての十階で、ベランダに面した窓からは眩しい東京湾が見えた。

二月のはじめだった。夜の七時を回った頃、俺は溜まりきった洗濯物を紙袋に詰め、住宅地のはずれにあるコインランドリーに向かった。すると、路地を挟んだ反対側に車が三台も停まり、アパート一階の角部屋あたりがブルーシートで覆われていた。俺は紙袋の中身を洗濯槽にぶちこみ、洗剤を入れてスイッチを押しながら、ブルーシートの向こうで断続的にフラッシュが焚かれたり、テレビドラマで見るような青い作業着の男たちが出入りするのを、窓ごしにぼんやり眺めていた。

そのうち報道陣らしき連中が集まってきて、フラッシュの頻度が二倍増しになり、やがてブルーシートの中から一人の男が現れた。男は報道陣の質問を適当にかわしながら、小走りに路地を渡ってコインランドリーに入ってきた。

——いつもここで洗濯されていますか？

彼は警察手帳を見せながら俺に訊いた。よれた革のジャケットを羽織り、少々雰囲気を出し過ぎているような老刑事だった。

——いつもではないですが、ときどき。

——昨日は？

――いえ、昨日は来てないです。

嘘だった。しかし刑事は疑うこともなく渋い顔をし、つぎの聞き込み相手を探すべく自動ドアを出ていった。

洗濯と乾燥を終え、マンションに戻ってテレビをつけると、わかんむりのような髪型をした男性キャスターが殺人事件を報じていた。中央区内にあるアパートの一室で女性が撲殺されたという内容で、映っていたのはあのアパートだった。被害者は富沢美佳(とみざわみか)(32)。私立東陽高校の英語教師で、遺体発見時には死後一日ほどが経過。

ニュースを眺めながら、俺は前夜に見た光景をまざまざと思い出していた。

誰もいないコインランドリー。窓の向こうにある安アパート。一階の右端にあるドアから、まるで人に見られるのを避けるように、素早い動きで出てきた人物。両手に手袋。上着は黒いダッフルコート。外廊下の照明は乏しかったが、ダッフルコートの内側に東陽高校の制服を着ているのがわかった。彼は長い前髪の隙間からちらりと周囲を窺うと、足早に左手へ歩き去り、すぐに見えなくなった。しかしその数秒のあいだに俺は、彼が誰であるのかを認識していた。当時の俺が何百万もの金をつぎ込んで株を買っていた「るるねっと」の、社長の一人息子。全国の金持ち家族特集みたいな番組で、テレビに出ていたこともある。

事件は翌日の新聞に載り、さらに一週間ほど経つと、有名週刊誌が特集記事で詳細を報じた。撲殺に使われた凶器が、部屋にあった電気ファンヒーターだったこと。室内から指紋はまったく検出されず、犯人が拭き取ったと思われること。容疑者はいまのところ不明。Sという数学教師が生前の被害者と交際しており、何度か警察の取り調べを受けたが、あくまで参考人としてだったこと。――しかし、その特集記事の中で最も世間の注目を集めたのは、被害者に関するある噂についてだろう。

記事によると、周辺住民の何人かが、東陽高校の制服を着た若い男が被害者の部屋に出入りするのを目撃していた。一度ではなく複数回。さらには同じアパートで暮らす住民が、彼女の部屋から「女性のあえぎ声みたいなもの」が響いてくるのを耳にしたことがあり、その一時間ほど後にもやはり東陽高校の男子生徒らしき人物が玄関から出てきたという。そうしたことから、富沢美佳は自校の生徒と男女の関係を持っているのではないかと、以前から周囲で噂されていたのだ。

俺はといえば、その記事を読みながら、ひたすら「るるねっと」の株価のことを心配していた。どんなかたちでも、片野徹の名前が記事に出たら、株価に影響する。そうなる前に、早いとこ株を現金化してしまったほうがいいのではないか。だが「るるねっと」の株価は上昇をつづけているから、やはり売らずにいるべきなのでは?

いま思えば、きっと頭がどうかしていたのだろう。

翌週以降も週刊誌は事件のことを報じ、俺は片野徹の名前が出てこないよう祈りながら記事を読み、そうしているあいだにも「るるねっと」の株価は上がりつづけた。けっきょく警察も週刊誌も、片野徹の存在に行き着くことはできなかったのだろう、彼の存在が浮上することはなく、殺人事件は未解決のまま何ヵ月も経過した。俺が見えない舌を出しているあいだに年が変わり、翌年も無事に過ぎていき、しかしつぎの年になると、「るるねっと」の株価が急に頭打ちの様相を呈した。片野徹云々ではなく、おそらくは単なる業績の停滞が原因で。その頃にはすでに購入した額の三倍近くまで株価が上がっていたので、縁起の悪さにも背中を押され、俺はすべての株を現金に換えた。すると驚いたことに、「るるねっと」の株価はそれから下降の一途をたどり、とうとう倒産してしまったのだ。

思えば、あそこでやめておけばよかった。

あの時点で、俺はすべてにおいて勝っていたのだから。

ところが俺は調子に乗り、ありもしない勘に従って株式投資をつづけ、最後にはほとんどの金を失ってしまった。定年退職後は自棄になって競馬競艇パチンコで現金を溶かしきり、俺の人生はきっとこのまま終わっていくに違いないと思った。

思っていた――今日の今日まで。

（二）

わあああああああああああと俺は枕に顔を押しつけて叫んだ。肺の中の空気を限界まで絞り出し、身を起こしてがばあと息を吸い込むと、全身がしびれたようになり、耳の奥がきいんと甲高く鳴った。自宅アパートの、敷きっぱなしの布団で四つん這いになり、俺はずっとこれを繰り返している。ビルの下で寺門徹と話をつけ、部屋に帰ってきた直後から。もうサザエさんがやっている時間だというのに。

　百万円。

　いや、とりあえず百万円。

　沸騰した血が全身の動脈を駆けめぐる。その音がはっきりと聞こえる。焦るな。落ち着け。しかし俺の身体は言うことを聞かず、顔面がまたひとりでに枕に近づいていく。直前まで近づくと、肺が空気を目いっぱい吸い込み、ばすんと枕に鼻と口が押しつけられ、そば殻の中にわああああああああああああと叫び声がなだれ込んでいく。そればかりか俺は、今度は知らぬ間に渾身の力で枕に噛みついていた。そのまま勢いよく上体を起こし、首をぐるんぐるん振り回すと、枕は猛獣に捕らわれた獲物のごとく右へ左へ大きく揺すぶられ、ばっと顎をひらいた瞬間、一直線に横へ飛んで壁にぶつかった。

――セミナーが終わる時間に……ビルの下で待っててください。

　あのあと寺門徹は、俺が待つビルの正面玄関に一人で現れた。俺の顔を直視しようとせず、太陽のほうに顔を向け、日の光に照らされたその顔は屋内で見るよりもいっそう若々しく映った。眼鏡はかけておらず、横顔には高校時代の面影がたしかにあった。

――で、どうですかね？　さっきの話。

　妙に長い沈黙のあと、寺門徹はようやく口をひらいた。

――払わないと言ったら、どうなるんですか？

――俺が警察に連絡するだけのことです。

――いまあなたがやってる脅迫だって、犯罪では？

――こっちは警察に捕まったところで、これ以上失うものなんてないですから。

日曜日なので人通りは多く、あらゆる種類の人間が周囲を行き交っていた。さだめし俺たちの姿も、ごく普通の知り合い同士が、ごく普通の立ち話をしているようにしか見えなかったことだろう。

――ねえ、なにも俺、あなたの人生をぶっ壊してやろうなんて思ってるわけじゃないんですよ。こう見えて、いま現金がちょっとあれなもんで、秘密を守ることと引き換えに金を都合してもらいたいだけなんです。人生を脅威から守ってくれるボディーガードに給料を払うって考えれば、悪くない関係性じゃないですか。

しかし、その関係性はいつまでもつづく。

なにしろボディーガード自身が脅威そのものなのだから。

――少しだけ……待ってもらえないでしょうか。

ちょうどそのとき、ビルのエレベーターからあの若い女が出てくるのが見えた。彼女はこちらを気にしながら足を止めたが、いかにも寺門徹に用事がありそうな様子だったので、俺たちは短く相談し、一週間後に会うということで話が決まった。

――来週も、日曜日に別の場所でセミナーがあるんです。新橋（しんばし）のほうで。

寺門徹は掘るような手つきで鞄を探り、手帳を取り出した。そしてボールペンで開催場所の住所を書きつけたあと、ページを千切って俺に差し出した。

——ここと同じようなビルで、会場は五階です。その上の六階はテナントオフィスが入っているんですけど、日曜日は休みなので、誰もいません。

——それで……？

——六階のトイレなら誰も入ってこないから、二人だけで会えます。

人目につかない場所を選んだようだが、もしかしたら彼は便所で話すのが好きなのかしらん。

——セミナーは四時ちょうどに終わるので、そのあとに。

俺が小さく頷くと、寺門徹は首だけ回してエレベーターホールの女を振り返り、待たせていることを詫びて片手を立てた。まるで何事も起きていないかのようなその仕草は、さすがと言うべきだろうか。

——百万、現金で頼みますよ。

——わかりました。

互いに小声で言い合ったのを最後に、寺門徹はビルの中に戻っていった。エレベーターホールの手前で彼は短く振り返ったが、その顔は完璧な無表情——いや、無表情という表情さえないような——とにかく、生きている人間の顔とは思えないものだった。虚ろな両目はまるで襖にあいた二つの穴みたいで、しかしその奥に何かある気がした。何かいる気がした。けっして見てはいけないものを見てしまった心持ちで、俺は思わず視線をそむけたが、あの顔つきはなかなか忘れがたく、さっきから枕の奥に向かって叫びながらも、ずっと頭の中に浮かんでいる。

　きっと、あれが彼の正体だったのだろう。

　世の中、何にだって表と裏があり、たいがいの場合は同じ大きさをしているものだ。殺人事件も、紙幣も、硬貨も、人間も。そういえば子供の頃、ガキ大将的な友達がコインで賭けをしようと言ってきたことがある。俺のポケットに入っていた百円玉でコイントスをし、表が出たらその百円玉が彼のものになる。裏が出たら彼が俺に百円を払う。俺は条件をのみ、百円玉を空に放り投げた。運動音痴のせいで上手くキャッチできず、硬貨は公園の土に落ちて転がった。最後にぱたんと倒れ、上側になっていたのは「１００」と大きく書かれたほうだった。彼は勝った勝ったと喜び、地面の百円玉を持ち去った。俺も俺で、すっかり負けた気でいたが、硬貨というのは絵柄が入っているほうが表だと中学校に入ってから知った。知ったが遅かった。

（四）

　そして一週間後。

　俺は布団の上で四つん這いになり、またも咆哮（ほうこう）していた。

　何度も口を押しつけた枕は、そこだけ唾液で色濃くなっている。変色したその部分を目がけて俺はふたたび顔面を突き出し、枕に力いっぱい齧（かじ）りついてぶんぶん左右に振りまくったあと、横ざまに吹っ飛ばした。枕は一直線に壁に激突して床に落ち――要するに先週とまったく同じようなことをしていたわけだが、じつのところ大きく違う点がひとつ。

俺の右手には、百万円の現ナマが握られていた。

とても無造作に。封筒にも財布にも入れないまま。

もっとも、百万円の札束が入る財布など存在するのかどうか知らないが。

布団の上で四肢にしっかりと力を込める。そうしていないと、いまにも自分が天井に向かって飛び跳ね、空中で奇声を上げ、さらには意味不明の動きで踊りだしそうだった。こんな日が来るなんて先週まで想像できただろうか。いまや俺の人生は大きく変わり、もはや上野公園の人混みに苛ついていたことなど、はるか遠い思い出のようだ。小学校の放課後、いっしょに帰ってくれる友達が誰もおらず、一人で体操服の袋を蹴りながら歩いていたのと同程度に。この百万円で何ができる？　何でもできる。少なくとも、貧乏暮らしが染みついたいまの自分が想像できるようなことは、何でも。

――百万、現金で頼みますよ。

その現金をいまこうして握りしめ、布団で四つん這いになっている自分。映画やドラマによく出てくる、哀しい犯罪者ならば――つまり、実際には純粋な心を持ち、それゆえ罪を犯してしまったのですという犯罪者ならば、まだ救いようがある。しかし俺はといえば、性根がねじくれていて、そのうえ犯罪者なのだから救いようがない。そんなことはわかっている。わかっているが、もう遅い。

部屋の隅に転がった枕を眺め、未来を思い描く。まずはこの百万円。つぎはいくらだ？　なにしろ初めてのことなのでわからない。いずれにしても減額はしないというのが、こうした脅迫の一般的なセオリーに違いない。今回と同じ百万か。あるいは二百万か、それとも三百万か。手にした札束を顔の前に持ってきて、じっと眺める。腹の中にだんだんと墨汁のようなものが広がっていくのが意識され、それはどんどん色を濃くして臓腑の隅々までにごらせていき、しまいには自分の中身がぜんぶ真っ黒になったように感じられた。

家に刑事がやってきて警察署に連行されたのは、その二日後のことだった。

（五）

「いやほんと、何も知りませんって」

取調室の机を挟み、俺は老刑事と向き合っていた。二十五年前にコインランドリーで聞き込みをしてきた刑事とよく似ていて、まるでフリーズドライをお湯で戻して目の前に現れたかのようだ。

「でもね、こっちはぜんぶ聞いてるんですよ。あなたと寺門徹さんの関係を」

「だから、その人のことなんてほとんど知らないんですって。先々週の日曜日に、寺門徹さんですか？　その人がやってる資産運用セミナーだかってのに行って、でもなんだかあんまり信用できない感じだったから途中で帰ってきたんです。私との関係って、え、そんなのいったい誰が話してるんです？」

「いまあなたがおっしゃったそのセミナーの、司会をやっていた女性です」

無茶苦茶な配牌に愕然としているうちに、高らかにリーチを宣言された気分だった。

「彼女は被害者と愛人関係だったらしく、本人からぜんぶ聞いていたんだそうで」

「ぜんぶ……というと？」

ためしに確認してみると、やはり相手は予想どおりの言葉を返した。

「ぜんぶです。今回の脅迫行為のことも、二十五年前の事件についても」

まだ誤魔化(ごまか)しますか、と老刑事は太い眉を上げる。

「知らないものは知らないですから」

そう答えると、刑事は口許を引き締め、ほとんど真横といっていいくらいの角度で首をかしげた。しばらくそのまま俺を見つめていたかと思えば、仕切り直すように物腰をやわらかくし、まさに吐けば楽になるぞといった態度で顔を寄せてくる。

「鈴木(すずき)さん……二日前、日曜日の午後、あなたはどこで何をやってたんです？」

百万円の札束を手に、四つん這いで叫びまくっていたあの日。

「ですから、一人でずっと家にいましたよ」

俺はまた嘘を答える。つまみ上げられた虫けらが、逃げているつもりで無意味に足を動かすように。

俺はあの日、さんざん咆哮したあと、札束を布団の下に突っ込んで玄関を出た。低い雲に覆われた生あたたかい街を、駅に向かって。墨汁みたいな黒いもので身体をいっぱいにして。行き交う人間たちの目つきも鼻つきも曖昧で、視界はどうしてか上下左右に揺れつづけ、まるで両足が茹でたうどんか何かのように思えた。あたりはどんどん薄暗くなり、雲は建物に腹をすりそうなほど低く垂れ、途中で小雨が降ってきた。俺はコンビニエンスストアに寄って黒い傘を買い、しかし、すぐには立ち去らず、店内をぶらつくふりをしながら、商品棚にあった包丁をかっぱらって上着の内ポケットに入れた。

「なるほど。新橋方面には行っていないと」

寺門徹の刺殺体が見つかったのは、その日の夜になってからのことだ。新橋のビルの便所で冷たくなっているのを、巡回中の警備員が見つけたらしい。

「行ってません」

いますぐコンセントでも挿し直して、ぜんぶなかったことにしたかった。あの日、俺はビルの便所で寺門徹を刺したあと、包丁はちゃんと回収したし、建物に入るときも出るときも防犯カメラに気をつけていたのだが、なんのことはない、セミナーの司会をやっていたあの若い女が、みんな寺門徹から聞いていたのだ。俺と彼との関係も、二十五年前の出来事も、今回の脅迫のことも。

老刑事ははるか遠くを見るような目つきで、自分の顎をさすった。

「しかし、元教師が元教え子をねえ……」

https://www.youtube.com/watch?v=SfH-XYnrvXM

第三話

セミ

（一）

「今日さ、根上がり松まで行かねえ？」

自転車で先頭を走りながら、セミが汗まみれのでかい顔を振り向かせた。

「富岡（とみおか）、お前まだ見たことねえだろ？　根上がり松」

僕がうなずくと、セミはニカッと口を広げる。

「よし、じゃあ見せてやる」

大通りの端っこを、僕たちは一列になって走っていた。前から順に、セミ、僕、カミムー、シモムー、ツル。カミムーは上村（かみむら）で、シモムーは下村（しもむら）。どちらもこのあたりに多い苗字らしいが、いまのところ僕はこの二人しか会ったことがない。ツルは鶴谷（つるや）だからツル。セミがセミと呼ばれている理由は知らない。僕がここに引っ越してきたのは四年生の春で、ほんの三ヵ月半前のことだった。

「でも根上がり松って――」

僕が言いかけたとき、いちばん後ろからツルが訊いた。

「行ってもいいけど、金の分け方は？」

金というのはたぶん、根上がり松の根元にばらまかれているという小銭のことだろう。この大通りを真っ直ぐ行った右側に、とんび山と呼ばれるなだらかな山があり、その中腹に根上がり松は生えている。根っこが幹を持ち上げるようにして伸びているから「根上がり松」。そこにぽっかりとあいた空間に、大人たちが一円玉や五円玉や十円玉や、たまに百円玉を放り込んでいくらしい。東京で暮らしていた頃、公園の噴水に小銭がたくさん沈んでいるのを見たことがあるけれど、あれと似たようなものだろうか。

「金は、もしあったら富岡にぜんぶやる。だって初めてだからな」

そう言ってセミは、見せびらかすような笑顔を向けた。

「僕べつに、お金とか――」

「いいよ、ぜんぶやる。俺たちは前に、何回か山分けしたことあるし」

セミが乗っているママチャリのサドルは、ほとんど一番下まで下げてある。セミは小学四年生にしては図体がでかいが、セミのお母さんはもっとでかいらしく、そうしないと乗れないからだ。いっぽうで僕たちはみんな、ちゃんとサイズの合った自転車に乗っていた。自分の自転車を持っていないのは、少ないクラスメイトの中で、たぶんセミだけだ。でも、誰もからかったりしない。理由はべつに、思いやりの心を持っているからではなく――。

「いつも山分けじゃなかったよな」

「な」

カミムーとシモムーが囁き合い、直後、セミがママチャリのブレーキを握り込んだ。後ろにつづいていた僕たちも慌ててブレーキをかけ、それぞれのタイヤが地面を滑り、自転車同士が軽くぶつかった。

「何だよ」

振り返ったセミの顔は、普段よりさらに大きく見えた。

「あ、いや……いつもけっこう、セミが多く取ってくから」

カミムーがぐっと上体を引きながら答える。

「みんな、いいって言ってただろ」

「まあ……割り切れないことも多かったし」

「あとから何だよ、二人して」

セミはべつに相手を脅しているわけではなく、純粋に疑問に思っている顔つきだった。でも身体が大きくて、腕も脚も太くて、さらには僕たちがまだ経験していない変声期を過ぎて声も低かったので、どんな顔つきでも迫力がある。しかもカミムーもシモムーも、僕と同じで小柄だ。

「だから……いいよ、もう」

カミムーが目を合わさずに呟き、シモムーも小さくうなずく。セミは二人に顔を寄せ、「ほんとにいいのか？」と確認した。やはり、純粋な疑問を顔に浮かべながら。

この三ヵ月半、こうしたことはしょっちゅうあったので、僕は気まずく黙り込んでいるふりをしながら別のことを考えていた。どうすれば根上がり松に行かずにすむだろう。べつに、見たくないわけではない。聞く話だと、うねうねした根っこが太い幹を持ち上げている様子は、まるでタコが立ち上がったように見えるらしい。でも、とんび山へ向かうとなると、この大通りをずっと先まで行き、右に曲がって大迫川を渡ることになる。僕はそこへ行きたくない。お祖父ちゃんとお祖母ちゃんが、お父さんのために供えた花を見たくない。

「前のこと、ああだこうだ言ってもしょうがねえだろ」

ツルがハンカチを取り出して首元を拭い、ばか丁寧にたたみ直してポケットに戻した。あだ名のせいで余計にそう見えるのかもしれないが、ツルは首が細くて長い。脚もすごく長いので、身長だけならセミと同じくらいある。

「カミシモも、べつに本気で気にしてるわけじゃねえだろうし。行くなら早く行こうぜ。根上がり松まで、けっこうかかるから」

「そうだな。よし行こう。でも今日はみんな、もし小銭が落ちてても持って帰らない約束な。富岡、初めてだから、こいつにぜんぶやる。いいだろ?」

「行きたくないんだけど」

僕の言葉に、セミの四角い顎がぱかっとひらいた。ちらりとほかの三人を振り返ると、面倒なことを言い出すなというように、そろって眉を寄せている。

「自転車で山登るの、疲れるし」

本当の理由は言いたくなかったので、嘘をついた。ねっとりと騒々しいアブラゼミの声に包まれながら、しばらく誰も何も言わなかった。ツルとカミシモの三人が、セミの反応に身構えるような気配があり――つぎの瞬間、セミが目の前で爆発するように笑った。

「富岡、こんなだもんな」

手を伸ばし、僕のTシャツをがばっとめくる。この三ヵ月半で顔や腕は日に焼けたけど、お腹は真っ白なままだ。

「とんび山の坂道は大変かもな。そんなら別んとこ行こう。あそこどうだ？　去年行った、赤いのいっぱいあるとこ。何だっけあれ」

「……ヤンモウ？」

シモムーがぼそっと言う。

「そうヤンモウ。富岡、ヤンモウでいいか？」

僕はそれが何だか知らなかったが、根上がり松へ向かわずにすむのならと、うなずいた。セミはすぐさまママチャリをこぎはじめ、いかり肩を目立たせながら、ぐんぐん遠ざかっていく。残った三人が同時にため息をつき、ツルが疲れ切ったような声を洩らした。

「またあそこ行くのかよ……」

僕はセミのあとにつづこうとしたが、ペダルが動かない。背後を見ると、右からカミムーが、左からシモムーが、自転車の荷台を摑んでいた。二人の後ろでツルが言う。

「お前、珍しがられてるだけだからな」

それを無視し、ペダルを強く踏み込んで無理やり自転車を進めると、カミムーとシモムーはあきらめて手を離した。急に軽くなった自転車をこぎながら僕は思った。みんな、まるで偉い人に命令されているかのようにセミの言うことを聞く。学校にいるときも、放課後も。理由はたぶん、面倒くさいからだ。そして恐いからだ。セミははっきり言って馬鹿で、少し先のことも考えられないし、何かが気に入らないとすぐに怒る。信じられないくらい勉強ができないくせに、テストの点数をカミムーが冗談半分で笑ったときは、顔を真っ赤にして、机ごと相手を床にぶっ倒していた。そのあとカミムーは保健室に、セミは職員室に連れていかれた。普通に考えて、転校先の小学校にそんなクラスメイトがいたら、嫌で嫌で仕方がないだろう。でも僕は何も感じない。セミにえこひいきされても、されなくても、どうだっていいし、たとえいつか自分自身が怒鳴られたり殴られたりしても、きっと何とも思わない。お母さんが東京のマンションから出ていったときに僕の感情は半分くらい消えてなくなり、半年前にお父さんが死んだとき、残りの半分も消えた。お父さんやお母さんの思い出も、ついでに消えてしまえばいいと思うこともあるけれど、二人がもう一回ずついなくなってしまうのは、やっぱり嫌だった。

（二）

僕たちがたどり着いたのは、とんび山よりもずっと手前にある丘で、ヤンモウというのは赤くて丸い木の実のことだった。

「美味（うめ）えんだぞあれ」

な、とセミに同意を求められたツル、カミムー、シモムーは、それぞれ頬を少しだけ持ち上げてうなずいた。セミはママチャリのスタンドを立てると、がに股でずんずん丘を登っていく。真っ赤なヤンモウがたくさん実った木は、丘のてっぺんで枝を広げていて、まわりにもいくらか木があるけれど、違う種類のようだ。

「俺が持ち上げてやるから、順番な」

ヤンモウの木の下で、セミはまず僕の後ろに回り込み、わきの下に手を入れて持ち上げた。両足が宙に浮き、大枝がぐんと顔のそばへ近づいた。それにしがみつくと、幹にとまっていたアブラゼミがチッと鳴いて飛んでいった。

「放すぞ、いいか？」

「大丈夫」

大枝を腹の下まで押し下げ、片足を向こう側に回してまたがる。風がTシャツの首元から入り込み、お腹から抜けていく。丘の向こう側に広がっていたのは、緑色ばかりの景色だった。左手には、もう少し複雑な色をしたとんび山。さらに視線を横へずらすと、あの橋が目に入りそうになったので、僕は急いで顔をそむけた。そうしているあいだにセミは、カミムーとシモムーを、ほとんど放り投げるようにして別の大枝にのせた。ツルは自分でのぼるから大丈夫だと断り、でもけっきょくのぼらず、僕たちが落とした実を下で受け取る役目をやると言った。

「あ、それいいな。じゃあ今日は木の上で食わねえで、下に落とそう。そんでツルが集めて、あとでみんなでいっしょに食おう」

　そう言うと、セミは両手両足で幹にしがみついた。ずいぶん時間をかけて、僕やカミシモよりも上のほうまでよじのぼっていく。のぼり方はとても不格好で危なっかしく、こっちが逆に手を貸してやりたいくらいだった。セミは身体が大きいだけで、運動が得意なわけではない。まるで身体の成長に頭が追いついていないように、何をやっても下手くそだ。体育のマット運動では、ぎくしゃくと前転しながら床のほうまではみ出していったりするし、壁倒立に挑戦したときも最後まで成功せず、何回かおならをして終わりだった。ドッジボールでも活躍しているところは一度も見たことがない。いつもゲームセットぎりぎりまで内野に残ってはいるけれど、それは単に、もし怒りだしたら面倒だから誰もセミに向かってボールを投げないからだ。セミと敵チームだったとき、僕は深い考えもなくボールを投げたことがある。セミはキャッチできず、ボールが腰のあたりにぶつかったあと、胸の前でがばっと空気を摑むという、不器用の代表選手みたいな動きを見せた。その瞬間、みんなしんとした。でもべつに何ということはなく、セミは悔しそうに笑って、素直に外野へ出ていくだけだった。

　丘の下に目をやると、三階建ての新しいビルがある。その二階、大きな窓の向こうに数人の男子が見えた。丘の裾には高い木が並び、さっきまでお互いの姿を隠していたが、いまはこっちからも向こうからも丸見えだ。どうやらあれは五年生らしい。この街の小学校には各学年に一つずつしかクラスがないので、一学年上でも、顔を見てすぐにわかる。あの建物は「ふれあいセンター」で、児童館や図書館、書道や絵の展示スペースがある施設だ。

「あそこいつも、五年が占領してっから」

僕の目線を追い、カミムーが舌打ちをする。そしてすぐに枝の上で身体を反転させ、ビルに背中を向けた。シモムーのほうは、たったいまふれあいセンターのことが話題になったというのに、そちらを見もしない。窓の向こうの五年生たちは、それぞれ床にあぐらをかき、ゲームボーイで遊んでいた。はっきりとは見えないが、たぶん、二年前に出たカラーのやつだ。僕も白黒のは持っていたが、お母さんがいなくなってから一度もスイッチを入れていなかった。

五年生の一人が顔を上げ、木にのぼっている僕たちの姿を見た。そしてすぐさまほかの人たちに何か言い、全員が同時にこちらへ顔を向けた。みんなして笑っている。なるほど、セミ以外の三人がここへ来るのを嫌がっていた理由が、ようやくわかった。あっちはエアコンが効いている部屋でゲームボーイ。それに比べて、こっちのヤンモウ集めはずいぶん原始的というか、子供っぽくて、見られたくなかったのだろう。

「ツル、いいか、落としてくぞ」

枝がちょうど「出」の字になった部分にしがみつきながら、セミが枝先のヤンモウに手を伸ばす。赤い実の中で大きいやつを選んで取り、それを下の草むらに落とすと、ツルがいかにも気だるそうに拾いに行った。

「富岡、ヤンモウの実はな、真っ赤なのが美味いんだけど、あんまり真っ赤というか、黒みたいになってるのは、腐ってることあるから気をつけろよ」

僕も真似して実を摘み、下に落とした。アリがついているやつは、息で吹き飛ばしてから落とした。動くたびに枝が揺れ、葉の隙間(すきま)から太陽がまともに目を刺した。カミムーとシモムーも、のろのろと実を摘んで落とし、ツルは木の下でそれを拾った。セミはときどき摘んだ実を自分の口に入れ、種をぶっと吐き飛ばした。

「タレが甘くて最高」

カミムーがシモムーに顔を向け、「たれ」とこっそり口を動かす。シモムーは唇に力を込めて笑い出さないようにしている。そんなことしないで、タレではなく汁だと教えてやればいいのにと思ったが、意味は通じていたので僕も黙っていた。

「よし、もういいだろ。下りて食おう」

セミがまた時間をかけて、お腹と股間を幹にずりずりこすりつけながら下りていく。最後の一メートルくらいはほとんど滑り落ちるような格好で、しかも両足を下に伸ばさなかったものだから、尻でどすんと着地した。そのあと立ち上がり、僕たちが下りるのを手伝おうとしたが、カミムーとシモムーは自分で飛び降りた。僕も大枝から両手でぶら下がり、草むらに飛び降りようとしたけれど、真下で両手を差し出しているセミが邪魔で、できなかった。セミは僕のお尻を抱え込み、やさしく地面に下ろしたあと、ヤンモウの汁がついた手をぽんと僕の頭に置いた。

「涼しいとこで食おうぜ」

どこかへ移動するのかと思ったが、セミが座ったのはすぐそばの、ヤンモウの木陰だった。僕とカミシモもそこへ行って腰を下ろし、ツルはハンカチにくるんだヤンモウの実を持ってきて、僕たちの真ん中に置いた。全部で三十個くらいあった。

初めて食べたヤンモウの実は、生ぬるかったし、真ん中に大きな種が入っているせいで食べられるところは少なかったけど、悪くなかった。上顎と舌のあいだで押しつぶすようにすると、じゅっと甘い汁が出てきて、のどのほうに流れ込んだ。種はどこに捨てればいいのだろう。迷っていたら、セミが首をそらして種を後ろに飛ばしたので、僕も真似をした。まぶしい空の手前で、赤黒い種が小さくなり、また大きくなりながら視界の上側に消えた。ツルとカミシモの三人は、まるで生きた虫でも食べさせられているようにヤンモウの実を口に入れ、死体を吐き出すように種を膝先に捨てていた。

そうしながらツルが何度も腕時計を覗いていたのは、セミが帰る時間を待ちきれなかったのだろう。セミはいつも四時過ぎになると、「店があるから」と先に帰る。家が居酒屋をやっていて、その手伝いをしなければならないらしい。最初のうち、僕は残りの三人といっしょにセミを見送っていたが、いまはたいていいっしょに帰る。セミがいなくなると、三人がわざと僕が知らない話ばかりはじめるからだ。

「誰かゲームボーイ買わねえの？　あれなら外でもできるじゃん」

口のまわりを汁で真っ赤にしたセミが訊く。

スーパーファミコンなら、セミ以外ほとんどのクラスメイトが持っていた。僕が東京から運んできた段ボールにも入っている。でもこの街の小学校は、放課後に誰かの家に集まってゲームをすることを禁止していた。目が悪くなったり運動不足になったりするかららしい。五年生がふれあいセンターに集まっているのも、そのためだろう。

「誰か買ったら、みんなでやろうな」

な、な、な、な、といちいち僕たちの顔を見ながら念を押し、ツルとカミシモはうっすらと笑ってうなずいた。僕は、自分がじつはゲームボーイを持っていることを言おうとしたけれど、やめておいた。画面が白黒のやつはもう時代遅れだったので、どうせがっかりされるだけだろう。

「ツル、いま何時？」

セミに訊かれ、ツルは時計をはめた腕を顔の前に持ち上げた。3:58というデジタルの数字が、僕の位置から見えた。

「四時過ぎ」

「そっか。俺、店があるから行くわ。ごめんな」

セミがヤンモウを口に詰め込んで立ち上がったので、僕も腰を上げた。僕がセミといっしょに帰ることは恒例になっていたから、誰も何も訊いてこない。

「フナにエサもやらなきゃいけないし。フナ飼ってんだ俺。まだ小さいけど、前に大迫川でとったやつ。エサは金魚のエサ。俺が近づいてくと、ちゃんと寄ってくるんだぞ」

どうだという顔をされたが、僕たちは曖昧（あいまい）に首を揺らすばかりだった。前に二度ほど同じことを自慢されていたからだ。二度目は、ツルがあとでこっそり「あいつんとこ貧乏だから、育てて食うんだろ」と言っていた。

（三）

お母さんがどこにいるのか、僕は知らない。

でもそれは単に具体的な場所を知らないというだけで、お母さんがいまどんな世界にいるのかは、なんとなくわかる。たとえば「あの世へ行った」などと同じように。

僕が一年生のとき、お母さんはマンションの近くにあるスーパーでレジを打っていた。朝、家を出る順番はいつも、お父さん、僕、お母さん。お母さんの仕事は午後一時くらいまでだったので、帰ってくる順番は、お母さん、僕、お父さん。それがたまに、僕、お母さん、お父さんになることがあった。

――今日、パートで遅くなるから。

そうしたときお母さんが帰ってくるのはたいてい七時か八時くらいで、僕は炊飯（すいはん）ジャーからごはんをよそい、生姜（しょうが）焼きを電子レンジであたためたり、フライや唐揚げをトースターであたためたりして、一人で晩ごはんを食べた。テレビを見ながら食べられるという特典はあったものの、やっぱり寂しかった。その寂しさには何故だか知らないけど波があり、まったく何も感じないときもあれば、胸の中身が静かに吸い取られていくような気持ちになるときもあった。

ある日の放課後、その波がとても大きくなって、もう少しで胸が空っぽになりそうな気がしたので、僕は財布を持ってマンションのエレベーターに乗った。冬になる少し前だった。七階から一階へ下りるあいだ、財布のマジックテープをはがし、小銭入れのお金を数えた。四百円ちょっと入っていた。お母さんが働いているスーパーには小さな文房具コーナーがあり、そこで消しゴムを買うつもりだった。学校で消しゴムをなくしたことにしようか、それとも、使い切ってしまったことにしようか。迷いながらエレベーターを降り、マンションの正面玄関を出た。

スーパーに向かって路地を歩いているうちに、気づけば僕は元気いっぱいになっていた。胸に栄養たっぷりの液体を注がれたように、空っぽだった場所がすっかり埋まり、いつのまにかこんなふうに考えていた。——僕はお母さんのためにスーパーへ行く。お母さんは忙しく仕事をしながらも、僕に会いたいと思っている。そこへ僕が現れる。まだ小学一年生なのに、一人で財布を持って。きっとすごく喜ぶ。もしかしたら泣いてしまうかもしれない。

スーパーにたどり着くと、入り口近くの野菜売り場に、知っているパートのおばさんがいた。お母さんといっしょに買い物に来たとき、何度か話したことのある人だった。

——お母さん、一時に帰ったわよ。

レジのほうを覗いていたら、そう言われた。僕は言い訳のように文房具コーナーで消しゴムを選び、知らない人にレジを打ってもらって家に帰った。

七時過ぎにようやく帰宅したお母さんに、僕は、消しゴムがなくなったからスーパーへ買いに行ったと話した。行ったけど、いなかったと。何の疑問も抱いておらず、ただ、自分の思い切った冒険を知ってもらいたくて。

——パパに言っちゃ駄目よ。

上着を脱ぎながら振り返ったお母さんの顔は、頬だけが持ち上がっていた。まったく笑っていない両目は、僕を裏切り者か何かのように見ていた。いやそれは、あとからいろんなことを想像して、そんなふうに思い出されるようになっただけかもしれない。お母さんの目つきだけでなく、何もかもが、本当はどうだったのか、思い出すのがだんだん難しくなっていく。

あのとき僕はうなずいたけれど、けっきょくお母さんとの約束を破った。何日か経った土曜日、会社が休みだったお父さんに、一人きりの買い物のことを自慢してしまった。お母さんとの約束が、あんなに重要なものだなんて知らなかったから。

お父さんはまるで、興味のないテレビ番組でも見るような顔で聞いていた。いま思えば、感情を爆発させないよう頑張りすぎて、かえって表情がなくなってしまったのかもしれない。

そのあと何がどうなったのかはわからない。僕は夜中に目を覚ますことが多くなった。目を覚まさせるのはお父さんが淡々と話す声だったり、ダイニングのテーブルが大きく鳴る音だったり、お母さんのすすり泣きだったり、そういうものを聞くのではないかという予感だったりした。予感は当たるときが多かった。ということは、予感というよりも気配みたいなものだったのだろうか。

学校が冬休みになると、僕はお父さんに連れられて新幹線に乗り、お祖父ちゃんとお祖母ちゃんの家に来た。将来的に自分がその家で暮らすことになるなんて、もちろんまだ想像もせず。

お祖父ちゃんとお祖母ちゃんの家で過ごしたのは七日間。それまでも正月や盆休みには毎年のように泊まりに来ていたけれど、七日間という長さも、お母さんがいないのも初めてだった。お祖父ちゃんとお祖母ちゃんはそれまでと変わらず僕に笑顔を向けていたし、みんなで紅白歌合戦も見たし、おせち料理も食べた。でも僕が布団に入ると、大人たち三人が何か話し合う声が、遠いお経みたいに聞こえてきた。

東京に戻ったとき、お父さんは僕だけを部屋に行かせ、自分はマンションの下で待っていた。家のドアを開けると、ダイニングの椅子にお母さんがぽつんと座っているのが見えた。化粧をしていて、入ってきた僕を、長いこと見つめていた。

――ごめんね。

それだけ言って立ち上がり、お母さんは玄関を出ていった。それが最後になるなんて知らなかったから、僕は馬鹿みたいにものも言わず、何かを懸命に考えながら、それを眺めていた。何を考えていたのかは、いまもはっきりしない。

お母さんが戻ってこないし、お父さんもなかなか上がってこないので、なんとなく家の中を見て回った。するとお母さんの服もバッグもみんななくなっていて、でも、まるで最初から僕とお父さんのものしかなかったみたいに、タンスも棚も押し入れも、綺麗に整理されていた。

けっきょく何が起きたのか、いまもすっかり理解できているわけじゃない。でも、ぼんやりとはわかっている。お母さんがいなくなったあと、お父さんといっしょにドラマやワイドショーを見ていると、たまにいきなりチャンネルを換えられたり、テレビを消されたりするようになった。たぶん、その直前にドラマの中で起きたことや、ワイドショーのキャスターが伝えようとしたことが、お母さんにも起きたのだろう。お祖父ちゃんやお祖母ちゃんと暮らしはじめてから、二人が僕に聞こえていないつもりで口にする「男」という言葉が、学校でトイレや更衣室を分けるときに使われる「男」の意味ではないことも、なんとなく理解していた。

（四）

「セミって、皆川星矢（みながわせいや）だからセミなの？」

ヤンモウ摘みからの帰り道、横並びで自転車をこぎながら訊いてみた。

「何でだ？」

「べつに、ただ知りたかっただけ」

「いや、何で俺が皆川星矢だからセミになるんだ？」

「ああ……だからほら、苗字と名前から頭文字をとって、それを逆にしてセミなのかと思って」

セミはジーっとチェーンの音をさせながら、ぽかんと僕の顔を見ていた。

「そんな難しいこと考えるわけねえだろ」

セミがセミになったのは、去年のことだという。

「なんかわかんないけど、ツルたちが俺のことセミって呼んでて、俺、それが俺のことだって最初は気づかなかったんだけど、なんかあいつらが喋ってるとこに近づいてったら、セミのこと話してて、セミって俺、虫のセミかと思って、でもセミが四時過ぎに帰るからなんとかかんとかってシモムーが言ってるの聞こえて、俺のことだってわかった」

長い台詞（せりふ）を喋るとき、セミは思いついた順番で言葉を口にするので、理解するのに努力がいる。しかもこんなふうに、よく考えたら質問に答えていないこともある。

「で、何でセミなの？」

「おお、そうか。いや俺そんとき、あいつらにそれ訊いたんだけどさ、そしたら最初みんなびっくりして、俺がいたこと気づいてなかったみたいで、そんでツルが言ったんだけど、俺ほら、ダミ声だろ？　それが、いいなあって思ってたんだって。セミみたいでいいなあって。あいつらほら、まだ声高いじゃん。お前もだけど。だからうらやましかったみたい。みんなセミ好きだもんな。セミって虫のセミ、いまのは」

とっさの嘘だったのではないか。たとえばいきなり大声を出すからとか、肌がアブラゼミみたいに茶色いからとか、本当はそういう理由で、みんな陰でセミと呼んでいたのではないか。

「それよかお前、明後日（あさって）の準備遠足、大丈夫か？」

「何で？」

準備遠足というのは、夏休みの準備をするための遠足だ。何の準備かわからないし、どう準備になるのかも知らないが、終業式のあと学年ごとに、それぞれ担任の先生に連れられて別々の場所へ行く。僕たち四年生の目的地は、とんび山の根上がり松だ。――と、そこまで考えて、セミの言いたいことがわかった。

「平気。坂道、歩きならそんなに大変でもないだろうし」

さっき自分がついた嘘のことをすっかり忘れていた。

「そっか。途中でつらくなったら言えよ。おぶってやるから」

「大丈夫」

「根上がり松んとこに金があっても、遠足のときは持って帰れねえだろうな。だって先生が見てるし」

「学校からとんび山に行くときって、大迫川を越える橋のところ通る？」

「通らねえよ。だって、すごい遠回りになっちゃうじゃん」

「だよね」

ひと安心したところで、大通りに行き着いた。僕の家もセミの家も、この道の向こう側だ。目の前には横断歩道があるが、夕方のせいでたくさん車が走っていて、なかなか渡れないのはいつものことだった。どうして信号機をつけないのだろう。

「お前ってさ、お父さんとお母さん、どっちもいないんだよな」

セミは気遣いというものを知らず、何でもこうしてダイレクトに話す。それでも、変に気を遣われてぎこちない雰囲気になるよりはましだった。

「うちの親から、お父さんが死んだときの話は聞いてるけど、お母さんはどうしたんだ？」

「いなくなった」

「何で？」

「わかんない」

何かの原因をたどっていったところでキリがない。でもたぶんお母さんは、お父さんの冷たさに耐えきれなくなったのだろう。そして、お父さんがお母さんに冷たくなったのは、病気のせいだ。死んでしまうかもしれない病気にかかったお父さんは、どうして自分だけがという気持ちになっていた。お母さんへの冷たい態度は、きっと八つ当たりみたいなものだった。話しかけられても無視をしたり、ちょっとした失敗のことをずっと責めつづけたり。ずっとというのは、十分や二十分ではなく、その十倍くらいだ。

——病気のせいだから、しょうがないの。

お父さんの病気のことをお母さんから聞いたのは、幼稚園の年長のときだった。

——昔は、明るくて、よく笑う、スポーツが好きな人で……二人でスキーとか海水浴にも行ってたのよ。

そう聞いて僕は驚いた。お父さんが笑ったり運動をしたりしているところなんて見たことがなかったからだ。

お母さんによると、お父さんの身体がおかしくなったのは、ちょうど僕が生まれたすぐあとのことだったらしい。病院で詳しく検査をしてみると、心臓が血を正しく送れなくなる病気だとわかった。拡張型心筋症(かくちょうがたしんきんしょう)という名前で、いま僕はその病名を漢字で書ける。

僕が赤ん坊から大きくなっていくにつれて、お父さんの病気はどんどん悪くなっていった。薬をのんだり入院したりを繰り返しているうちに、とうとう心臓移植をするしか治す方法はなくなってしまった。でも日本で新しい心臓を見つけるのは、とても難しいことだった。ほとんど無理といってもいいくらいに。

——そのせいで、パパ、変わっちゃったの。

幼稚園生だった僕が話をちゃんと理解できていたのかどうか怪しいし、そもそも僕はお父さんのもともとの性格を知らないし、本当のところはわからない。とにかくお母さんはそう言った。そしてその頃から僕は、お父さんがいつかいなくなるかもしれないとわかっていた。お母さんも、僕にその覚悟をさせるつもりであんな話をしたのかもしれない。もっとも、お父さんがいなくなる前に、お母さんのほうがいなくなってしまったけど。

「一年生のときに出てったまま、ずっと帰ってこない」

「そっか」

お母さんが出ていったあと、僕とお父さんの二人暮らしがはじまった。お父さんは家でほとんどしゃべらなくなり、毎日薬をのんで会社へ行き、しょっちゅう病院へも行き、一度は一ヵ月近くも入院した。そのときはお祖母ちゃんがこの街からはるばるマンションまでやって来て、僕の世話をしてくれた。お祖母ちゃんといっしょに寝起きしながら僕は、お父さんがいつか死ぬことをいよいよ強く意識するようになった。お祖母ちゃんがそういうことを言ったわけではなく、顔つきや溜息のつき方からそう感じた。僕が眠っていると思い込み、枕元に座ってそっと頭を撫でる手つきからも、なんとなく感じた。ただ、まさかその死が病気によるものではないなんて、さすがに想像していなかった。世の中、思いもよらないことばかり起きる。

「お父さんは交通事故なんだろ？」

「そう」

「うちの父ちゃんと母ちゃんが、そう言ってた」

セミの両親は、僕のお祖父ちゃんやお祖母ちゃんと昔からの知り合いだ。もっともこの街では、ほとんどの大人同士が知り合いのようなものだけど。

「それって、どんな事故だったんだ？」

「そこまでは聞いてないの？」

「話してたの、店を手伝ってるときでさ、ちょうどお客さん来ちゃったから、交通事故ってことまでしか聞いてない」

僕やお祖父ちゃんやお祖母ちゃんにとってはこの上なく重大な出来事でも、ほかの家にとってはその程度の話なのだろう。店にお客さんが来たくらいで中断し、そのつづきを話し忘れてしまうくらいの。

「トラックの前に飛び出して、はねられた」

それが今年の正月だった。

お母さんがマンションを出ていったちょうど二年後で、日付まで同じ一月四日だ。

あのとき僕とお父さんは、元日からお祖父ちゃんとお祖母ちゃんの家に泊まりに来ていた。

二年前にお母さんが出ていったせいで、家の空気はとても重たかったたし、大人だけで何か話したそうな雰囲気も感じていたので、僕はほとんどの時間を玄関の近くにある「泊まり部屋」で過ごした。昔、お父さんが東京の大学へ通うまで使っていた部屋で、家族で泊まりに来たとき、僕たちはいつもそこに布団を並べて寝ていた。以前はお父さんとお母さんと三人で。二年前からはお父さんと二人で。部屋には本棚があり、古いマンガや小説や生物図鑑が並んでいた。あの日の午後、僕はたたんだ布団にもたれかかって、本棚のマンガをぱらぱら読んだり、小さなテレビで正月番組を見たり、ぐらぐらする糸切り歯をいじくったりしていた。夕方前になるといいかげん飽きてきたので、居間のほうへ行くと、お祖父ちゃんとお祖母ちゃんだけがコタツでテレビを見ていた。

——お父さんは?

——出かけたよ。

お祖母ちゃんが答え、コタツのあいている場所をぽんぽん叩いた。ここに入りなさいという意味だったのだろうけど、僕は縁側に出る窓のほうへ歩いていった。テレビに映っていたのは少しも面白くなさそうな報道番組だったし、二人にお母さんの話をされるのも嫌だったからだ。窓の向こうには、東京には絶対にないような大きい庭があり、その庭がいつも以上に広く見えると思ったら、お祖父ちゃんの車がなかった。

——車で行ったの?

訊くと、お祖父ちゃんとお祖母ちゃんがばらばらにうなずいた。

——運転していいのかな？

お父さんは免許証を持っていた。でも、車の運転はなるべくしないよう医者に言われていることを、僕は知っていた。

——俺が乗っけてくって言ったんだけども……そのうち運転なんてできなくなるから、自分で行くって言ってな。

——何しに？

お祖父ちゃんは空から垂れた糸をつんつん引っ張る仕草をしてみせた。

——凧、買うんだと。

お父さんは病気のせいで運動ができなかった。急に身体を動かすことは絶対に避けるよう、医者から言われていた。だからたぶん、僕のための凧を買いに行ってくれたのだろう。せっかく泊まりに来ているのに、自分たちが大人の話ばかりしているものだから、僕が退屈していると思って。何か正月らしい遊びでもさせてやろうと考えて。

——そこ、秀一、ほれ。

お祖父ちゃんが自分の隣を顎でしゃくったので、僕は座ってコタツに足を入れた。お祖母ちゃんはミカンを一つ僕のほうへ押し出すと、立ち上がってお茶を淹れに行った。

——ミレニアムだってな。

——みたいだね。

それを全国各地でお祝いする人たちが、テレビに代わる代わる映っていた。２０００という数字の、真ん中にある二つの0がサングラスになっているやつをかけている人もいた。どうしてテレビは、楽しそうにしている人しか映さないのだろう。

――新しい生活ってのは、どうだ。

しばらく黙ってテレビを眺めていたお祖父ちゃんが、急に訊いた。お母さんがいなくなったあとの、お父さんと二人きりの生活のことかと思ったら、違った。

――さっきも話してたんだけど……正志の身体があれだから、秀一といっしょに、こっち越してきたらいいんじゃねえかって。

まるでタイミングを見計らっていたように、お祖母ちゃんがお盆に湯呑みをのせて戻ってきた。

――中丸病院さんが心臓で有名だし、車で一時間もかからないから、お祖父ちゃんでもわたしでも送り迎えできるし、ねえ。

そのときちょうど五時になり、壁の振り子時計がボーンと鳴ったのを憶えている。

二人の言葉が、僕は心の底からショックだった。べつに東京で都会を満喫していたわけではないし、友達が多いほうでもなかったけれど、こんなど田舎で暮らしたり、クラスメイトと急に別れたりするなんて考えたこともなかった。ここはコンビニもないし、近くに住んでいる子供たちとも、とてもじゃないが仲良くなれる気がしない。三日前の元日にも、駅まで迎えに来てくれたお祖父ちゃんの車から、嫌なものを見た。何もない広場のような場所で、でかい図体をした乱暴そうな子供が、いがぐり頭の二人組に向かって、大声でわめいていたところを。地面には三角形の凧が、たったいま墜落したような格好で落ちていて、それについて何かわめいているようだった。いま思えばあれはセミとカミシモだったけれど、そのときはただの、どうでもいいことで怒り狂っているデカブツと、いかにも田舎の子供といった髪型の二人組にしか見えなかった。そんな人たちと同じ学校に通うなんて嫌だった。

ただし、僕が二人の言葉にショックを受けた理由は、もっと別にあった。

——でも、もし……。

お母さんがマンションに戻ってきたらどうするのか。七〇四号室の呼び鈴を押して、中からぜんぜん知らない人が出てきたらどうするのか。僕はお母さんが戻ってくるのを待っていたし、これからも待つつもりだった。でもそれを言う前に電話が鳴った。電話機はテレビの脇に置いてあり、画面には食器用洗剤のコマーシャルが映っていたのを憶えている。

「お父さんがトラックにはねられたって、その電話で知った」

事故が起きたのは、この大通りを市街地のほうへしばらく行ったあたりだった。ちょうど右手に、大迫川を越える橋があるところ。何もないその場所で、お父さんは道の左端に車を停めていた。正月で車通りは少なかったけど、もちろん少しは走っていた。後ろから来たそのトラックは、停まっていた車をよけていこうとしたが、そのとき急にドアが開いて、お父さんが飛び出してきた。本当にいきなりだったので、ブレーキをかけたときにはもう遅かった。少なくともトラックの運転手はそう言っていたらしい。

お父さんは病院へ運ばれたけれど、僕たちが駆けつけたときにはとっくに死んでいた。僕は泣いて、泣いて、やがて家に連れ帰られながらも泣いて、帰ってからも泣いて、最後には泣き疲れて眠ってしまった。朝になって目を覚まし、自分の体験したことが本当だと知って、また泣いた。

病院に駆けつけたとき、お父さんが寝かされていた部屋にはお祖父ちゃんとお祖母ちゃんだけが入り、僕は入れてもらえなかった。だから、いまでも思い出すお父さんの顔は、生きていたときの無表情か、棺桶の窓ごしに見た無表情か、どちらかだ。棺桶の顔のほうは、輪郭の部分が菊の花で隠されていて、白い花びらの隙間から肌の縫（ぬ）い痕（あと）が見えた。

「何でトラックの前に飛び出したんだ？」

「わかんない」

半分は嘘だった。

もしかしたら、わざと飛び出したんじゃないか。お父さんは、心臓だけでなく、心も病気になってしまったんじゃないか。凧を買いに市街地へ向かっている途中で、その病気がわっと身体じゅうに広がり、何もない場所で車を停めさせたんじゃないか。今年の元日、二人で乗ってきた新幹線の中で、お父さんはほとんど口を利かなかった。ずっと窓の外か、自分の膝のあたりを見ていた。ぼんやりしているわけではなく、何かをじっと考えているのがわかった。何かを考えつづけると、心が病気になってしまうことは、お父さんとお母さんがいなくなってから僕も知った。その病気が、自分がまったく警戒していない瞬間を狙って全身に広がり、勝手に身体を動かしてしまうことも。

「もしかしてお前……だから、行きたくなかったのか？」

その声は異様な至近距離から聞こえた。見ると、セミが太陽をさえぎるようにして、すぐそばまで顔を近づけている。目と目が離れているせいで、黒目がぐっと内側に寄り、白目のほうは真っ赤だった。鼻水がだらだら流れ、涙とまざり合って顎から垂れている。

「だから、とんび山に行きたくなかったのか？　あの橋んとこ通るから」

セミにしては珍しく、言ってもいないことを理解していた。

「まあ、そういうこと」

お祖父ちゃんとお祖母ちゃんは、何日かに一度、お父さんが死んだ場所に花を供えに行っている。でも僕はこの街で暮らしはじめてから、いっぺんもあの場所を通っていない。本当はいっしょに花を供えたり、手を合わせたりしたいけれど、まだできない。

「ごめん……俺、知らなくて」

「渡ろ」

車が横断歩道の手前で停まってくれていた。自転車のペダルを踏み込むと、タイヤのスポークがきらきらと太陽を跳ね返した。そのまま大通りの反対側をしばらく走ったところで、歩道の脇に畑が広がり、僕たちの家はその先にある。畑と畑のあいだの道は舗装されておらず、自転車で走ると土ぼこりが上がった。やがて別れ道にたどり着いたので、僕は軽く手を上げて家のほうへ曲がった。途中で振り返ると、セミは別れ道でママチャリを停めたまま、こっちを見ていた。なんとなく胸の真ん中あたりがゆがんだような、しゃっくりが出そうで出ないような、変な感覚だった。その感覚は、家に向かってゆるい坂道を上っていくうちに、少しずつ強くなった。

(五)

「準備遠足の日、お弁当と水筒いるって」

台所の水道で、ヤンモウの汁がついた手を洗った。お祖母ちゃんは「はいはい」と言いながら、冷蔵庫から麦茶を出した。二つのグラスに注ぎ、それを居間の座卓に持っていったので、僕はそこへ行って座った。網戸ごしにヒグラシの声が聞こえ、風が吹くと、そこに風鈴の音がまじった。お祖父ちゃんはどこへ行ったのだろう。玄関の長靴がなかったから、近所の畑を手伝いに行っているのかもしれない。

「お弁当、秀ちゃんどんなのがいい?」

座卓に座ったお祖母ちゃんが、僕の顔ではなく胸のあたりを見て訊いた。そういえばお祖母ちゃんにお弁当をつくってもらうのは初めてだ。東京にいた頃、お母さんがつくってくれたお弁当はいつも凝っていて、ウィンナーがカニになっていたり、三つのまったく違う味をした肉団子が串に刺さっていたりした。ただのゆで卵かと思ったら、持ち上げようとすると白身にジグザグの切れ目が入っていて、中の黄身がヒヨコのかたちをしていたりもした。まだお母さんが出ていく前、この家に家族で遊びに来たとき、そんな話をお祖母ちゃんにしたことがある。

「おにぎりとかでいいよ」
「おかずもいるでしょうに」
「何でもいい。お祖母ちゃん、ヤンモウって何？」
「ヤンモウは……このへんで言う、ほら、ヤマモモ。赤いやつでしょ」
「今日、セミたちとそれ食べた」

知らない国の言葉をしゃべったような顔をされたので、セミは皆川星矢のあだ名だと付け加えた。

「ああ、『きんぼし』の星矢くん？　何でセミなの？」
「わかんない」

会話が途切れると、またヒグラシの声が聞こえた。風はやんでいるので風鈴は鳴らない。麦茶を飲みながら庭を眺めていたら、お祖母ちゃんが畳の上を這いつくばるようにしてテレビをつけ、またもとの場所に戻った。ニュース番組が、今週から新しく発行される二千円札の紹介をしている。お札の裏面にひょろひょろした文字で書かれた「ことばがき」が、どういう意味なのか、真面目そうな眼鏡をかけた男の人が説明していた。

「あ、おべんと箱」

お祖母ちゃんがぽんと手を鳴らす。

「ん？」
「おべんと箱、買ってこないと」

「ないの？」

「まあ……あの子がむかし使ってたやつは、倉庫にまだあるけど」

庭の端にある、小屋みたいな古い倉庫に、お祖母ちゃんは目を向けた。最近気づいたのだけど、お父さんが死んでから、お祖父ちゃんもお祖母ちゃんも「あの子」という言葉を使うようになった。前はお父さんの話をするとき、「正志が」「正志は」と、ちゃんと名前を言っていたのに。死ぬと名前を呼ばれなくなるものなのだろうか。

「お父さんのやつでいいよ。倉庫のどこ？」

お祖母ちゃんが立ち上がろうとしたので、僕は先に立って網戸を開け、一足しかない共用のサンダルをはいた。なんとなく、お父さんのお弁当箱を自分で見つけてみたかった。

「入って右の奥に、お餅つきの機械が仕舞(しま)ってあるでしょ。その隣あたり。大きいタッパーとか、そういうのといっしょにビニール袋に入ってたと思うんだけど」

「探してみる」

「タッパーなんかも、たまには洗わないとあれだから、袋ごと持ってきてもらおうかね」

ひさしの下を出ると、西日がかっと顔を照らした。庭を斜めに横切って、奥にある倉庫の戸を開ける。何度か入ったことがある倉庫の中は、木のにおいでいっぱいだった。窓は小さいのが一つきりしかないが、適当に張られたような床板に隙間がいくつもあいているので、けっこう明るい。光の中で、ほこりがうねうねと動いているのがわかった。

お祖母ちゃんが言っていたとおりの場所に、ビニール袋はあった。その袋を引っ張ると、後ろに変なものが置いてあるのが見えた。くすんだ銀色をした長方形の機械で、ボタンやスイッチがいくつも並んでいる。正面には、丸い網目状の大きな目みたいなものが二つ。それらのあいだに四角い小窓がある。この機械はいったい何だろう。いや、たぶん昔のラジカセだ。東京の家にもラジカセはあったけれど、もっと横長で、ぜんぜん違うかたちをしていた。でもこのタイプも、そういえばテレビドラマの昔のシーンで見たことがある。

棚の奥に手を伸ばし、ラジカセを引き寄せてみた。機械の裏に電源コードがあり、もともとそれを束ねていたらしい輪ゴムが、古くなって千切れている。

小窓のほこりを指で拭うと、中にカセットテープが入っているのが見えた。テープには黄ばんだシールが貼られていて、ボールペンで「旅路の恋花火」と書いてある。ぜったいに演歌だ。演歌好きのお祖父ちゃんが、むかし聞いていたのだろうか。

ラジカセがあれば、部屋でラジオを聞けるかもしれない。ラジオなんてほとんど聞いたことがないけれど、どんな感じだろう。ちゃんと聞いてみたら、テレビより面白いだろうか。――僕はラジカセを脇に抱え、さっきのビニール袋を持って倉庫を出た。お祖母ちゃんは台所にいて、がほがほ鳴っている鍋の火を止めるところだった。

「ありがと秀ちゃん。あら懐かしいそれ」

「使ってみたいんだけど」

「やり方わかる？」

「たぶん」

流し台にビニール袋を置き、ラジカセを持って自分の部屋へ行った。昔はお父さんの部屋で、そのあとは家族の「泊まり部屋」だった場所が、いまは僕の部屋になっている。

壁のコンセントにプラグを挿し込もうとしたが、よく見ると鉄の部分がずいぶん錆びていた。危ないかもしれないので、台所に戻り、電池や電球が仕舞ってある引き出しから単一電池を四つ持ってきてラジカセに入れた。

「FM」「AM」「ラジオ切/テープ」と書かれた切り替えスイッチがある。それを「FM」に入れてみると、スピーカーから雨みたいな音が出た。チャンネルのつまみをゆっくり回していく。横長の透明な窓に「76」「80」「84」……と飛び飛びに数字が並んでいて、その上を縦の棒がスライドしていった。でも、いくら回してもぴーぴーいうばかりで、声も音楽も聞こえてこない。「AM」のほうをためしてみても同じだった。田舎だから電波が届いていないのだろうか。それとも機械自体が壊れているのか。たしかめてみようと、切り替えスイッチを「ラジオ切/テープ」に入れて再生ボタンを押してみた。やはり雑音が聞こえてくるばかりで――いや。

何か聞こえる。

女の人のすすり泣き。

これはお祖母ちゃんの声だろうか？　スピーカーに耳を近づけてみる。その瞬間、いきなり大きくお祖父ちゃんの声が聞こえたので、僕はびっくりして身を引いた。お祖父ちゃんの声はつづく。いまよりも少し若い感じで、話しているのは、どうやらお父さんの病気のことらしい。どうして演歌のテープにこんな声が録音されているのだろう。これは自分が聞いてもいいものなのだろうか。もしかしたら聞かないほうがいいのではないか。僕はまたもとに戻ってしまうのではないか。病気になってしまうのではないか。停止ボタンに指を伸ばし、どうすればいいのかわからずにいるうちに、さらに別の声が二つ耳に飛び込んだ。

お父さんの声と、お母さんの声。

もう二度と聞けない声と、もしかしたら二度と聞けない声。二人は少し離れた場所にいるようで、耳をすませる必要があったけれど、確かにしゃべっていた。

気づけば僕は、停止ボタンから指を離し、息をつめてその音声を聞いていた。テープに録音されていたのは、とても哀しい会話だった。聞いているうちに、冷たい砂が少しずつ全身にたまっていくような。でもそれは前半だけで、後半になると、いつのまにか僕は笑っていた。お父さんが死んでから——いや、お母さんがいなくなってから、たぶん初めて。

会話の中に、いきなりセミが登場してきたからだ。

しかも、とびきり間抜けなかたちで。

https://www.youtube.com/watch?v=FPc76ZKBZsY

(六)

「え、じゃあお前、赤ん坊の頃、俺のおむつはいたのか?」

翌日の朝一番、セミが僕の席まで来たので、さっそくテープの話をした。ただし前半に録音されていた会話については、またセミを泣かせてしまうかもしれないので黙っていた。

「そう、僕のがなくなっちゃって、お祖父ちゃんがもらいに行ったみたい」

「ぶかぶかだったんじゃないか? 俺、生まれたときからずっとでかかったらしいぞ」

「まさにお祖母ちゃんがそう言ってるのも、テープに入ってた」

あの会話が録（と）られた経緯は、あれからお祖母ちゃんに教えてもらった。僕が二歳の頃、お盆休みに家族で泊まりに来た夜、偶然に録音されたものらしい。

お祖母ちゃんによると、その夜、大人たちは居間でお父さんの病気のことを話し合っていた。でも床に敷いたベビー布団で眠っていた僕がいつのまにか目を覚まし、何を思ったのか、そばに置いてあったラジカセのボタンを押した。運悪くそれは録音ボタンで、お祖父ちゃんがいつも聞いていた演歌のテープに、上から会話が録られてしまったのだという。初めて目にしたとばかり思っていたあのラジカセに、どうやら僕はずっと前にさわっていたどころか、操作までしていたらしい。

そんな話をしながら、お祖母ちゃんがとても懐かしそうな顔をしていたので、僕は部屋からラジカセを取ってきて、最初から再生してあげた。お父さんの声が聞こえてくると、お祖母ちゃんは両手の中指を目頭にあてて涙を抑えた。でも、やがてお母さんの声が聞こえた瞬間、その顔がすっと硬くなった。僕はすぐにテープを止めた。このあとセミの家までおむつをもらいに行く話になって——と残りの展開を口で説明したけれど、お祖母ちゃんは「そうだったかねえ」と適当に声を返し、顔は硬いままだった。だから僕は、やがて畑の手伝いから帰ってきたお祖父ちゃんには、テープの話をしていない。

晩ごはんのあと、眠たくなるまで何度もテープを再生した。前半は聞かず、後半の、おむつのくだりを何度も。

——それ、ラジカセ……テープ回ってないか？　ボタン押しちゃったのかも。

最後に聞こえるお父さんの声は、少し笑っていた。僕が小さい頃は、ああいうふうに笑うこともあったらしい。記憶の中にも、きっと笑っているシーンはあるのだろうけど、笑わなくなったお父さんの印象が強すぎて、もう思い出せなかった。

「俺たちって、ずっと前から仲間だったんだな」

セミがしゃがみ込み、組んだ両腕を僕の机にのせる。

「何で？」

「だって普通、人のおむつなんてはかないだろ？」

意味はよくわからなかったが、悪い気分じゃなかった。

「そんで、どうなったんだ？　俺んちにおむつもらいに行くところも録れてたのか？」

「録れてるわけないじゃん」

ちゃんと話を聞いていたのだろうか。

「僕が録音ボタン押してたことにお父さんが気づいて、たぶんそこでお祖父ちゃんが停止ボタン押して、録音はそこで終わり。そのあとは、もともとテープに入ってた演歌が急に流れた」

あれはなかなかびっくりした。

「何て曲？」

「ええと、『旅路の恋花火』」

「どんな歌？」

僕は昨日聞いたフレーズを小さく口ずさんでみせたが、セミは知らないようだった。

「でも、いい歌だな」

「そうかな」

先生が教室に入ってきたので、セミはほかの机にぶつかりながら自分の席に戻った。

その日の授業を受けているあいだ、僕の耳の奥ではずっと、笑いまじりのお父さんの声が繰り返されていた。でも繰り返されるたび、直後に「恋のぉ花火ぃは夢ぇ花火ぃ」と、あの演歌歌手の歌声が割り込んできた。名前もわからない演歌歌手は、「咲いてぇ弾けてぇ」と歌ったあと、しばらく間を置いてから「落ちぃるだぁけぇ」と感情たっぷりにつづけるのだった。僕はもっとお父さんの声を思い出していたいのに、だんだんと演歌のほうが印象深くなってきて、四時間目くらいになると、もうほとんどそっちしか思い出せなくなっていた。

セミは休み時間のたび僕の席に来た。これまでも、いつも授業が終わるごとに来てはいたけど、ツルやカミシモを呼びつけないのは珍しかった。三人のほうはツルの席で楽しそうにしていて、もしかしたら、厄介者を僕に押しつけることができて喜んでいたのかもしれない。

「ツルとカミシモ、気がついたら帰ってたな」

放課後、初めてセミと二人きりで帰り道を歩いた。

「冷たいよね」

田舎道の先を見ながら、わざとそう言った。どうしてか、セミが三人のことを嫌いになってほしいような気分だった。

「ランドセル置いたあと、二人で遊ぶ？」

思い切って誘ってみると、今日は時間がないと言われた。

「帰ってすぐ店の手伝いしねえと」

そう言ってからセミは、ただ見るよりも少しだけ長く、僕の顔に目をやった。

「今日、六時間だったし、そのあと大掃除あったもんね」

もともとそんなに遊ぶ気などなかったという顔をしながら、僕は道の先に目を戻した。まわりではアブラゼミが濁った声で鳴き、肌に塩コショウでも振られたように日差しがちくちくした。道のでこぼこにはっきりとした影ができ、ずっと先のほうでは、水たまりみたいなものがもやもや浮かんでいる。あれは何と呼ぶのだったか。思い出そうとしていたら、セミが隣で歌った。

「恋のぉ花火ぃは夢ぇ花火ぃ……」

「一回で憶えたの？」

「この歌、そういえば店でたまに流れてた。店ってきんぼし。うちの居酒屋。なんか聞いたことあると思った」

「いい歌だよね」

「な」

それから僕たちは、別れ道まで二人で同じフレーズを何度も歌った。どちらもだんだんふざけてきて、「咲いてぇ弾けてぇ」のあと息を止め、笑い出すのを我慢しながら相手の顔を見て、五秒か、長いときは十秒くらいそのまま堪えたあと、同時に息を吐き出しながら「落ちぃるだぁけぇ」と歌った。別れ道が近づく頃になると、合図をしているわけでもないのに、二人のタイミングはぴったり同じになっていた。そうやってふざけながら僕は、昼休みに机に入れられていた紙のことを思い出していた。ノートのページを千切ったその紙には、人間が二人、鉛筆で描かれていた。一人は蚊とんぼのようにやせていて、もう一人はガニ股のゴリラみたいな人物。ゴリラみたいなほうは、目と目が極端に離れていた。たぶんそれは僕とセミで、描いたのはツルかカミシモあたりだろう。もともと性格が悪いやつらなので、何とも思わなかったけれど、少なくとも自分が三人にどう見られているのかは理解した。そして、セミは目と目が離れているからセミだったのだと知った。

「明日の準備遠足、お弁当いっしょに食べる？」

別れ道で訊くと、驚いた顔をされた。

「駄目なのか?」

「誘っただけ」

「いっしょに食べて、そんで、行きとか帰りとか、さっきの歌また歌おうぜ」

「いいよ」

「俺、なるべく練習しとくから」

「わかった」

手を振って右と左に別れたあと、僕は明日のことを想像しながら帰った。学校からとんび山への道、そこから根上がり松への坂道を、自分とセミが並んで歩いている。二人して『旅路の恋花火』を歌い、「咲いてぇ弾けてぇ」で息を止め、タイミングぴったりに「落ちぃるだぁけぇ」とつづける。その光景が、まだ起きてもいないことなのに、まるで記憶みたいにはっきりと見えた。そうやって僕たちが何度も歌っていたら、まわりでも流行りはじめるだろうか。でもあれは僕とセミだけの楽しみであってほしいから、なるべく小声でやったほうがいいかもしれない。そんなことを考えていると、胸がどきどきして、お腹の下あたりがぐっと持ち上げられるような気持ちになった。その感覚は家に帰ってからもつづいていたので、お祖父ちゃんやお祖母ちゃんに気づかれないよう、努力していつもどおりの顔をしなければならなかった。それでも何度かは、興奮がはみ出るようにして口の端に浮かんできた。晩ごはんを食べているときも、部屋に布団を敷いてからも、布団に横になってからも興奮はつづき、眠ろうとしても目が冴えるいっぽうで、それを意識すると余計に眠気が逃げていった。わきの下に汗をかきながら、ときどき鼻息をもらして笑い、何度も枕をひっくり返し、ようやくうとうとしてきたのは明け方のことで、お祖母ちゃんに起こされたときには三十七度四分の熱があった。お祖母ちゃんは学校に電話をし、僕が休むことを先生に伝えた。

（七）

お母さんは僕を捨てたのだろうか。

病気とたたかっていたお父さんを捨てたのだろうか。

部屋の布団に横たわり、天井を見つめながら、同じことばかり考えていた。居間の振り子時計がぼーんと鳴る。二時か、もしかしたら三時。きっとクラスのみんなは、もう根上がり松をあとにして、山を下りている。いま頃はそれぞれの家へ向かって歩きながら、夏休みに何をするとか、どこへ行くとか、そういう話をしているところなのだろう。セミは誰かに『旅路の恋花火』のことを教えて、いっしょに歌ったかもしれない。ツルやカミムーやシモムーではないとしても、ほかに誰か気が合う人を見つけ、僕のときよりも楽しそうに笑っているかもしれない。


居間のほうで風鈴が鳴る。さっきまでよりも少し小さく聞こえる。風が弱くなったのではなく、たぶん耳のせいだ。これから自分がどうなるのか、いっぺん経験したことなので、もうわかっていた。いろんなことを考えて、何百回も何千回も考えて、その考えの中に、僕は生き埋めになっていく。世界がみんな薄い膜の向こうみたいに見え、どこにもピントが合わなくて、音もよく聞こえなくなる。何も食べられなくなって、食べてもすぐにもどして、気がついたら二階の屋根に立っていたり、包丁をお腹にあてていたりする。お祖父ちゃんとお祖母ちゃんはまた大声で叫んだり、泣いたり、二人して嘘の笑顔をつくったりする。ごめんなさいと謝りたくても、謝れない。風船の口を誰かがきつく結んでしまったように、どうしても声が出ない。その病気を治す方法を、僕は見つけたと思っていた。心を、胃や腸みたいな内臓だと想像して、いちばん奥にある何か大事な通り道のようなところを、見えない綿でふさぐ。そうすると心がぼんやりしてくる。僕はそのコツを摑み、いったん摑んでみると、普通にしゃべれるようになったし、音も、人の声も、もとどおり聞こえるようになった。このままずっと大丈夫かもしれないと思った。でもそのやり方が、こんなふうにちょっとしたきっかけで駄目になるとわかってしまったら、もう同じことはできない。たぶん僕は、またもとに戻ってしまう。

お父さんも僕を捨てたのだろうか。

いろんなことが嫌になって、自分からトラックに飛び込んだのだろうか。

お母さんに捨てられたのも、お父さんに捨てられたのも、たぶん僕のせいだ。三人で暮らしていた頃、もっと家で面白いことを言ったり、変なことをやったりして、お父さんとお母さんを笑わせていればよかった。勉強で一番になるとか、運動会で一等を取るとか、もっと将来が楽しみな子供になっていればよかった。日曜参観のときは、黒板に書かれた問題の答えがわかっていたのに、僕は指されないよう下を向いていた。お父さんもお母さんも、たぶんそんな姿を見に来たわけじゃないのに。学芸会でそれぞれの役を決めるときも、恐がらずに手を挙げていれば主役に選ばれていたかもしれない。合唱会でも、みんなといっしょに歌っているふりをしながら、本当はただ口を動かしていただけだということを、お父さんもお母さんも気づいていたのではないか。だから二人は僕をおいてけぼりにしたのではないか。お母さんが働いていたスーパーに、どうしてあのとき消しゴムを買いに行ったりしたのだろう。その話をお父さんにしてはいけないと言われたのに、どうして約束を破ってしまったのだろう。僕があんなことをしなければ、お母さんは出ていかなかった。お母さんが出ていかなければ、きっとお父さんもまだ生きていた。いつも僕は、やってはいけないことばかりやってしまう。ごめんねと言って玄関を出ていくお母さんを、ただ馬鹿みたいに黙って見ていた。今年の正月も、ずっと部屋にこもって、お父さんが車で出かけたことに気づいてもいなかった。みんなといっしょにコタツにいればよかった。何かしゃべって、大人の会話を邪魔していればよかった。そうすればお父さんは、僕を退屈させているなんて思わなかった。思わなければ、僕のための凧を買いに行くこともなかった。凧を買いに行かなければ、心の病気が身体じゅうに広がって、あんな場所で車を停めることもなかった。

玄関の向こうに足音が近づいてくる。その音も、耳にラップでもしているように、こもって聞こえた。呼び鈴が鳴る。お祖母ちゃんの足音が玄関へ向かい、引き戸がひらかれる。もやもやとした声。お祖母ちゃんが誰かにお礼を言う。相手がそれに答えた瞬間、耳のラップがはがされ、急にすべての音がはっきりと聞こえた。僕はタオルケットをはねのけて立ち上がり、部屋の襖(ふすま)を思い切り開けた。

「あ……中は見てねえから」

玄関でセミが持ち上げたのは、二つ折りの紙で、表紙に「成績表」と書かれていた。

「星矢くん、届けてくれたのよ」

僕は寝間着姿で玄関へ行き、セミの手から成績表を受け取った。門のほうを見ると、ママチャリが置いてある。準備遠足のあと、いったん家に帰ってから来てくれたらしい。

「富岡お前、大丈夫か？　熱あんだろ？」

「大丈夫。もう下がった」

「風邪か？」

「ただの寝不足」

「なんか忙しかったのか？」

遠足が楽しみだったから、と言ったとたんに涙があふれた。つぎの瞬間、腹の底から一気に泣き声のかたまりがこみ上げた。泣きたくなかったので、急いで両手で口を押さえたが、泣き声の風圧のほうが強く、手の隙間からブッと空気がもれた。泣き声はつぎつぎ押し寄せ、ブブッ、ブブッと手の隙間が連続で音を立て、セミはぎょっとして首を突き出し、お祖母ちゃんもぽかんと口をあけた。僕は足に力が入らなくなって、その場にしゃがみ込み、そのあとはもうあきらめて、顔を隠して大声で泣いた。

「そんなに行きたかったんなら、いまから行けばいいじゃんか」

泣きつづける僕に、セミが言う。

「熱、下がったんだろ？　とんび山まで、いまから行こうぜ」

セミが僕を可哀想だと思っていることが、はっきりとわかった。それが情けなくて、みっともなくて、ただ頭をぶんぶん横に振ることしかできなかった。お祖母ちゃんが何か声をかけながら、そっと頭に手をのせてきたので、僕はそれを勢いよく払いのけた。そうしてしまったことが申し訳なく、さらに大きな声で泣いた。肺がでたらめに震え、両目が涙でぐしゃぐしゃになり、顔じゅうが熱いスライムみたいに溶けていく気がした。

（八）

「目ぇつぶったか？」

「つぶった」

「ぜったい落ちるなよ」

「わかってる」

セミの腰に、僕は後ろからぐっとしがみついた。

「行くぞ！」

セミが声を上げてママチャリを発進させる。僕は荷台にまたがって両目をつぶったまま、迫り来る冒険にそなえて身構えた。ぐん、ぐん、ぐん、とセミがペダルを踏み込むたびに身体が後ろに引っ張られ、その間隔がだんだん短くなっていく。砂利の坂道を下りながら、自転車はぐんぐんぐんぐんスピードを上げていき、髪の毛がふわっと持ち上がり、シャツの腹がめくれあがり、まだ少し濡れている頬に風が吹きつけた。前後の揺れはどんどん間隔が短くなっていき、やがてひとつづきの動きに変わり、勢いそのものになって、気づけば僕たちは夏の空気を突き抜けるように走っていた。

——じゃあ、とんび山まで冒険するのはどうだ？

玄関で泣きつづける僕に、セミはよくわからないことを言った。

——ずっと前に、父ちゃんがやってくれたんだ。店が休みの日に。父ちゃんが自転車こいで、俺は後ろに乗って、目ぇつぶれっていうからつぶって、そしたら父ちゃんが走りながら嘘ばっか言って、俺はそれぜんぶ信じて、そしたらすごい冒険になった。

相変わらずセミの言葉は意味がわからず、僕は泣きながら顔を上げて首をひねった。するとセミは、今度はもう少しわかりやすい言い方で繰り返してくれた。僕はようやくセミの話を理解し、そしてその話は、とても魅力的だった。出かけてもいいかどうか、お祖母ちゃんに訊いてみると、いいと言われた。僕はまだ少し泣きながら、部屋で寝間着から服に着替えた。玄関に戻ると、もうセミはママチャリにまたがって、唇をぴったり閉じて笑い、こっちを見て眉毛をひくひくさせていた。

「地面にでかい穴いっぱいあいてる！　何か隠れてるのかも！」

大声を上げながら、セミがママチャリをぐいぐい左右に揺らす。僕は目を閉じたまま必死でセミの腰にしがみつき、同じくらい大きな声を返した。

「落ちないで！　気をつけて！」

そこは土ぼこりの田舎道ではなく、巨大な穴ぼこだらけの見知らぬ荒野だった。鼻から入り込んでくる畑のにおいは、穴の奥で謎の生物が発している体臭で、ときおりそのにおいが強くなるのは、謎の生物が穴から這い出してこっちへ迫っている証拠だった。それでも僕たちは、地面にあいた巨大な穴をつぎつぎかわしながら、危険をかえりみずに突き進んだ。

「目の前、溶岩が流れてる！」

「曲がって！　よけて！」

スピードをそのままに、自転車がぐんと左へ曲がる。地面が平らになり、右耳から車のエンジン音が連続して聞こえてくる。

「いま百キロくらい出てるかも！　車どんどん追い越してる！」

溶岩地帯のすぐそばを、僕たちは弾丸のように走り抜けた。ときおりタイヤをがくんと震わせるのは、もちろん歩道の切れ目なんかではなく、地面に生じた底無しの亀裂だった。やがて自転車を一定のリズムで揺らしはじめたのも、側溝(そっこう)の蓋(ふた)などであるはずがなかった。

「いま走ってるの線路の上だぞ！」

「後ろから電車くるかも！」

いつ背後から警笛が迫ってくるかもしれない線路を、二人乗りのママチャリが疾走(しっそう)していく。行く手に連なる無数の枕木が車体を振動させ、僕たちの声も小刻みに震える。前方からモーター音が近づいてくるのは、未来の武器を持った敵の襲来だった。モーター音はすぐそばまで接近してくると、自転車のすぐ左側を過ぎ去っていき、むっと草のにおいがした。敵の攻撃が失敗し、ぐるぐる回る武器の歯が、地面に生えていた草をはね散らかしたからだ。やがて僕たちは線路から外れ、横断歩道に似たレーザー地帯を渡った。そこからさらに先へ爆走したところで、セミがママチャリを右へ倒す。下からかすかな水音が聞こえてくる。橋を渡っている。橋の下には真っ黒い毒液が流れる川がある。長いその橋を越えると、そこは危険な山道で、どれくらい危険かというと、地面の幅はほんの三十センチほどしかないうえ、右も左も恐ろしい崖になっているのだった。

(九)

「あれ？　さっき来たとき、けっこうあったんだけど」

初めて見る根上がり松は、話に聞いていたとおり、タコが立ち上がったような奇妙なかたちをしていた。内側は薄暗い空洞になっていて、セミはそこを覗き込んで小銭を探している。でも、どう見ても一円玉ひとつ落ちていない。

「遠足んときは、先生が見張ってたから、取れなくて。でもたぶん、五百円くらい、あったぞ」

自転車で坂道を上ってきたセミは、すっかり息が切れていた。後ろに乗っていただけの僕も、何故かはあはあいっていた。

「いいよ、お金なんて」

「お前にやるって約束だったし、ツルとカミシモには、こんど俺が取りに来るって、言っといたんだ。だから、誰か別のやつが、持ってったんだろうな」

「いいって」

汗だくの身体を、山の風が撫でていく。僕たちは根上がり松の前に立ったまま、しばらく二人して顎をそらし、顔に太陽をあびた。僕は鼻で大きく息をし、セミは雨水を飲もうとしている人のように、ぱっくりと口をあけていた。

「来るとき、橋、渡ったよね？」

呼吸を整えながら訊くと、セミは口をあけたままうなずいた。

「渡った」

この街で暮らしはじめてから、お父さんが死んだ場所を、初めて通った。大迫川を越える橋の脇——お祖父ちゃんとお祖母ちゃんが、何日かに一度、花を供えている場所。これからも大丈夫かもしれない。今日の冒険を思い出せば、あの場所を普通に通り過ぎることができるかもしれない。呼吸がすっかり落ち着いていくにつれ、そんな気持ちが全身に広がっていった。手の指や、つま先や、髪の一本一本にまで。心にたまっていた濁り水が、栓を抜いたように流れ出て、まわりの景色が急にはっきりと見えた。湿った土のにおいがし、木の葉っぱ同士がこすれ合うかすかな音も、身じろぎしたときに地面が鳴る音も、隣に立っているセミの息遣いも、ぜんぶ聞こえた。まるで目も耳も鼻も新品になったように。

「セミ、お店は手伝わなくてよかったの？」

「いいよ、今日は。何も言わないで成績表だけ置いてきたから、帰ったらぜったい怒られるもん。怒られるのって、なるべくあとのほうがいいだろ？」

　セミはまた屈(かが)み込み、地面に顔をくっつけるようにして根上がり松の空洞を探る。でもやはり小銭は見つからず、最後には何かぶつぶつ言いながら、薄暗いその場所に全身をねじ込んだ。僕なら余裕をもって入れそうだが、セミにはぎりぎりのサイズだ。こちらを向いてあぐらをかいたセミは、まるで身体から松が生えているように見えた。

「俺さ、前に家出して、ここ来たことあんだ」

「家出？」

「そう。店の手伝いが嫌で、親にいつも怒られてるのが嫌で、怒られるとき馬鹿って言われるのが嫌で。まあ馬鹿なんだけど」

　松と一体化したセミは、狭いひたいに皺(しわ)を寄せて空を見上げる。空中で静止していたシオカラトンボが、見られて驚いたように飛んでいった。

「ここなら、人に見つからないで暮らしていけると思って。大人たちがお金置いてくし、それを拾って、山の下まで食べ物とか買いに行けるし。もちろんこっそりだけど。もし雨が降っても、この穴ん中とか木の下は、晴れてるから大丈夫だろ？　ただ、飲み水だけは必要だと思ったから、水筒はちゃんと持って出たけどな。中身が空っぽになったら、橋んとこまで下りて、川で水くめばいいと思って。川ってずっと水があるから、何回でもくめるじゃんか」

自分が話していることに何の疑問も持っていないらしく、セミは得意気だった。

「まあ、けっきょくやめたんだけど」

「何でやめたの？」

「母ちゃんの自転車に乗ってきちゃったから、悪いなって思って」

セミは地面の小石を拾い、何もないところに放り投げる。

「でもさ、帰ってみたら、俺がただ遊びに行ったと思ってたみたいで、父ちゃんと母ちゃんむちゃくちゃ怒ってて。店の手伝いはじめる時間、過ぎちゃってたから。それで俺、帰ってこなきゃよかったって思った。でもいま考えたら、やっぱり家出しないでよかった。だって家出してここで暮らしてたら、学校とかも行かなくなってたし、会えなかったもんな」

セミの顔がこちらを向こうとしたので、僕は目をそらした。すぐそばを、身体に毛が生えたアブがぶんぶん音を立てながら飛んでいる。アブはやがて地面の白い花を見つけ、星みたいなかたちをした花びらの奥にもぐり込み、また静かになった。

「あっちに休憩できるところがあるから、行こうぜ」

セミが松の空洞から身体をひねり出し、肩とお尻をはたく。

「屋根とか、椅子がある場所。なんか小屋の、壁がないみたいな」

「東屋(あずまや)？」

「わかんないけど」

行ってみると、それはやはり東屋で、三人の先客がいた。セミは何も言わずに近づいていき、すぐそばに立った。そのまましばらく立っていたが、三人ともまったく気づかない。

「……みんな、持ってないって言ったじゃんか」

ゲームに夢中だったツルとカミシモは、はっと同時に顔を上げてセミを見た。三人がそれぞれ手にしているのはカラーのゲームボーイで、木でできたベンチの隅には、土で汚れた小銭が置いてあった。

（十）

夏休みに入って一週間が経った。

「お前ぶかぶか、かっ、かっ！」

「そっちはぎゅうぎゅう、ゅっ、ゅっ！」

ほこりくさい倉庫の中で、僕たちは向かい合って互いの下半身を見下ろしていた。はいているのは相手のパンツで、それぞれのズボンは裏返しになって床に放り捨てられている。

「それ、手ぇ放したら落っこっちゃうんじゃないか？」

そう言われたので、ためしに放してみたら、すとんと一気に足首までパンツが落ちた。セミが吹き出し、僕は内股になってパンツをはき直し、そのあと狭い倉庫の中は二人のげらげら笑いでいっぱいになった。笑っている途中でセミがおならをしたので、また笑った。

「セミ、セミ、壁倒立のときもおならしてたじゃん。だからこんなになるんだよ！」

呼吸困難ぎりぎりの状態で言いながら、僕はパンツを少し下ろしてみせた。セミのパンツはお尻のところがうっすら茶色くなっていた。セミは「わっ」と声を上げて飛びかかり、僕のパンツを無理やり引き上げたが、思い直して剝(は)ぎ取った。自分がはいていたパンツを脱いで僕に返し、自分のやつをはき直す。僕も自分のパンツを元どおりはいた。

「やっぱり自分のパンツのほうが落ち着くな」

「しっくりくるね」

とんび山での一件以来、どちらが言い出したわけでもなく、僕たちは毎日こうして庭の倉庫に入って遊んでいた。朝の十時くらいになるとセミが呼び鈴を鳴らし、僕は家を飛び出して、二人で倉庫に入る。遊び方は気分次第で、古い工具や見知らぬ機械を引っぱり出していじくるときもあれば、お月見の道具を見つけて並べてみたり、クモの巣をぜんぶ掃除したり、指の関節を鳴らす練習をしたり、こんなふうに互いのパンツを交換したり。パンツを交換したのは、僕が二歳の頃にセミのおむつをもらったことを話しているうちに、サイズが違うというのはどんな感じなのだろうと二人で試してみただけで、それ以上の意味はない。

空(から)のカセットテープをお祖父ちゃんからもらい、ラジカセで声を録音して遊ぶこともあった。自分がしゃべっているところを、そのとき僕もセミも人生で初めて耳にした。自分は絶対にこんな声じゃないと二人とも言い張り、でも相手の声はちゃんと録れていたので、最後には認めるしかなかった。僕は自分の声がこんなに子供っぽいなんて想像もしていなかったのでがっかりし、セミのほうは思っていた以上にダミ声だったらしく、ひどく落ち込んでいた。そのあと僕たちは、それぞれのショックから立ち直るため、いっしょに『旅路の恋花火』を歌って録音した。途中でどうしても笑ってしまうので、何度もやり直した。ようやくちゃんと録れたと思ったら、「咲いてぇ弾けてぇ」から「落ちぃるだぁけぇ」までのあいだにためをつくりすぎて不自然だったので、またやり直した。

遊びと遊びのあいだに、いろんな話をした。星矢というセミの名前が、マンガの主人公からとられたこと。鎧(よろい)みたいなものを着て敵と戦う話だということ。セミはそのマンガを読んだことがなく、僕もなかったので、二人ででたらめに内容を想像して盛り上がった。倉庫は狭かったので、そうして盛り上がってくると、お互いの息が顔にかかるくらいだった。

お父さんの病気のことも、初めてちゃんと人に話した。セミとなら、哀しい気持ちにならずに何でも話せたし、もっと聞いてほしいと思った。僕が床のほこりに「拡張型心筋症」と指で書くと、セミは四文字目しか読めないと言って尊敬のまなざしを向けた。

——でも……お前は大丈夫なのか？

訊きながら、セミは僕の左胸に指先でふれた。

——わかんない。でも男に多い病気なんだって。

後半は本当で、前半は嘘だった。お父さんの病気が見つかってからすぐに僕は病院へ連れていかれ、ちゃんとした検査を受けたうえで大丈夫だと言われている。ただセミを不安にさせたいだけだった。

僕たちが倉庫で遊んでいることを、もちろんお祖父ちゃんとお祖母ちゃんは知っていたけれど、危ないものだけはさわるなと最初に注意しただけで、何も言わなかった。昼どきになると、お祖母ちゃんがきまってそうめんをつくってくれ、僕たちは居間で扇風機の風をあびながらそれをすすりあげたあと、また倉庫に駆け戻った。午後にはお祖父ちゃんがかき氷をお盆にのせて倉庫まで運んできてくれた。僕たちは頭痛をものともせず一気にそれを平らげ、器に残った薄いシロップを飲み干すなり、やはりまたすぐに遊びに戻った。

四時過ぎになると、いつもセミは帰らなければならなかった。僕は門のあたりまで送ったあと、少しでも引き留めたくて、思いついたことや知っていることをぜんぶ話した。東京タワーは三百三十三メートルだと言われているが、本当はそれより四十センチくらい低いこと。ツタンカーメンの墓はずっと地下に隠されていたけれど、子供がロバで水を運んでいるとき、そのロバがつまずいて大量の水が地面にこぼれたことで偶然に見つかったこと。テントウムシは、背中に点が十個くらいあるからテントウムシだと思っている人が多いが、じつは違うこと。指や木の枝をのぼって「お天道様」のほうに飛んでいくから「天道虫」で、もし「点十虫」ならテントオムシになってしまうこと。しかしセミはお天道様という言葉を知らなかったし、「十」が「トオ」だというのもピンときていない様子だったので、それらを説明するのにもう少しだけ時間をかせげた。何も話すことが思い浮かばないときは、東京にいたときのクラスメイトのことを一人一人、順番にしゃべった。セミが焼きもちをやくかもしれないと思ったが、ただ感心したような顔で聞くばかりなので期待外れだった。

本当はいつもセミの家まで送っていきたかったけれど、恥ずかしくてできなかった。セミは門を出て砂利道を下っていく途中、歩きながら必ず二回くらい振り返り、そのたび僕たちは手を振り合った。僕がふざけてお尻を振ったら、セミもそうした。お尻を向けた状態で股ぐらを覗き込んだときは、三角形の景色の中で、セミも同じポーズをしてみせた。翌日になってまた倉庫に入ると、中は前日に僕たちが散らかしたままになっていて、工具や機械や遊び道具が一時停止の状態で待っていた。

「ちょっとここにいて」

ふと面白いことを思いついたので、僕はTシャツを脱いでパンツ一丁になった。倉庫を飛び出して玄関に回り、廊下のいちばん手前にある自分の部屋に入ると、プール用のバスタオルを摑み、それを腰に巻いてまた倉庫に登場した。

「じゃん!」

「え、何で素っ裸(すっぱだか)?」

「はいてまーす」

僕がタオルを取り去ってみせると、セミはものすごく驚いた。

「すげえ、なんにもはいてないように見えた!」

「手品です」

俺も俺も、とセミが僕の手からバスタオルを奪い取り、倉庫の戸を開けて外に出る。しばらくして飛び込んできたセミは、さっきの僕と同じように、Tシャツを脱いで腰にバスタオルを巻いていた。こうして人がやっているのを見ると、たしかにタオルの下が素っ裸に見える。僕は自分のアイディアに自分で感心したが、ふとセミの手に目をやると、Tシャツだけでなくパンツも持っていた。

「セミ――」

「はいてまーす」

セミはタオルを取り去ったが、もちろん何もはいておらず、しかもそのことに気づいたのは僕にむき出しの股間を指さされてからのことだった。

「あ、俺――」

「ミレニアム馬鹿！」

ミレニアムという言葉は、倉庫で遊びはじめてから何故か僕たちのあいだで流行っていた。もちろん世の中ではずっと前から流行っていた言葉なので、ひと足遅れだったし、しかも僕たちの使い方はこのうえなく無意味だった。「ミレニアムジャンプ！」と叫んでセミが急に跳び上がったり、「ミレニアムずわり」と呟いて僕が床に正座をしてみたり、倉庫に迷い込んできた知らない羽虫を二人で「ミレニアム虫」と名付けたりした。

お互いが、お互いしかいないという気持ちだった。いつか大人になって恋人というものができたら、ひょっとしてこんな気分なのではないか。そんなふうにも思ったが、女の子とほとんど話したことのない自分が恋人を持つなんて、想像もつかないことだった。

「いま何時だろ」

元どおり服を着終えたセミが、入り口の脇にある棚に目をやった。そこにはガラス製の灰皿と一体になっている変な時計が仕舞われていて、僕たちは最初の日に針を合わせてネジを巻いて以来、時刻を確認するのに使っていた。見ると、その針がもう四時を回っている。

「俺、店あるから」

「明日も来る？」

「来る」

セミはぎざぎざの歯を見せて笑い、倉庫の戸を開けた。西日がまともに差し込んで僕たちの目をくらませ、外で鳴いていたミンミンゼミの声がわっと大きくなった。

「恋のぉ花火ぃは夢ぇ花火ぃ……」

歌いながら、セミが門のほうに向かう。隣を歩くと、夏休みになってから毎日はいているビーチサンダルが、踵にぶつかってぺたぺた音を立てた。

「咲いてぇ弾けてぇ……俺もいつか自分の自転車ほしいな。昼間は母ちゃんが使うから、あの自転車乗ってこれねえんだよ」

「自分のやつ買ってもらえないの？」

「居酒屋って儲からなくてさ。ほかは知らないけど、うちはぜんぶ安いから」

ついさっきまでパンツを交換して遊んでいたセミが、ひどく大人に見えた。

「でも、もしセミが自分の自転車を持ってたら、僕たちこうやって遊んでなかったよね」

「何でだよ」

「だって家出したとき、お母さんの自転車に乗ってきたの思い出して、引き返したんでしょ？　悪いと思って」

　するとセミの眉毛がハの字になり、同時に口の両端も垂れ下がった。

「ごめん……あれ嘘」

「嘘？」

　本当は、怖くなって帰ったのだという。

「誰かが捕まえに来たと思って、怖くなってさ」

「何それ、どういう意味？」

　少しでも引き留めておきたくて、僕はわざわざセミの正面に回り込んで訊いた。

「俺あのとき……とんび山に行きながら、これから家出すると思ったら緊張しちゃって、むちゃくちゃのど渇いて、家で水筒に入れてきた水、途中でぜんぶ飲んじゃったんだよ。だから橋んところで、水くんで水筒に入れてこうって思って、そしたら滑って落っこった」

「え、川まで？」

「いや、川までの、半分くらいかな？　ずるずるって滑って、ごろごろって。日陰だったから、霜柱が溶けてなくて。途中で止まってくれたし、なんとか這い上がったんだけどさ、なんか急に怖くなっちゃって。橋の脇んとこで這いつくばったまま動けなくなってたら、すぐそこでトラックがギャーってブレーキかけて停まって、俺、やばい誰か探しに来たと思って、急いで自転車乗って逃げて、そのまま家帰った。そんで、父ちゃんと母ちゃんに怒られた。泥だらけだったし、店の手伝いしなきゃいけない時間、とっくに過ぎてたから」

話の途中から、肌に氷を押しつけられたように、胸が冷たかった。耳の奥がきいんと鳴り、その音が耳と耳のあいだで反響しながら、だんだん頭の中をいっぱいにしていった。

「家出したのって……いつのこと？」

なんとか声を押し出した。

「そんなに前じゃない。今年の正月くらい」

ミンミンゼミの声が遠ざかり、景色が何も見えなくなって、セミの顔だけが目の前に茶色く浮かんでいた。

「もしかして……一月四日？」

訊くと、セミの黒目がいったん上を向き、また下りてくる。

「すげえ、何でわかるんだ？　そう四日。つぎの日から店がはじまることになってて、いろいろ用意するのに忙しくて、どうせまた手伝ってるときに馬鹿って言われるんだろうなって思って、それで嫌になって家出したんだもん」

相手の言葉は、もうほとんど頭に入ってこなかった。

「夕方の……五時くらいだったんじゃない？」

「おお、ちょうどそのくらい！」

「トラックが停まったとき——」

いろんなことが、たぶん、もうすぐ終わってしまう。セミの話を聞く前に、僕は戻りたかったけれど、それができないことはもちろんわかっていた。

「ブレーキの音のほかに、何か聞こえなかった？」

「いやべつに……ん、違う、なんか聞こえたかも。落ちるみたいな、ぶつかるみたいな？　ドンっていうか、バンっていうか。え、何でお前そんなことまでわかるの？　また手品か？」

（十一）

あの日、お父さんは僕のための凧を買いに市街地へ向かっていた。

その途中、橋の脇を通りかかったとき、川のほうから這い上がってきたセミの姿を見たのだろう。そして車を停めた。泥だらけでその場に這いつくばっているセミを助けようと思って。急に動くことは医者に止められていたから、お父さんは車の中でひと呼吸おいてから、外に出た。そこへトラックが走ってきた。

——それ、僕のお父さんがはねられた音だよ。

ブレーキ音の前に、セミが聞いた音。その正体を、僕は門の脇でセミに突きつけた。馬鹿なセミが言葉の意味を理解するまで、長いことかかった。僕はセミの顔を正面から見つめ、その表情が、はっと驚いたものに変わるまで待った。離れた両目が僕を見たまま大きく広がり、まるで後ろから刃物で刺されたように顔じゅうが引きつり、セミは何か言おうとして、言おうとして、でも言葉にならなかった。僕はそんなセミを置き去りにしたまま家に入った。深い泥の中を歩いているように両足が重たくて、部屋にたどり着く前に、とうとう動かすこともできなくなった。その場にお尻を落とし、廊下の壁にもたれて座り込んでいると、引き戸の向こうにセミの影が立った。僕は膝に顔を押しつけ、たったいま知ってしまった事実を何度も頭の中で思い返し、そのたび初めて知ったように苦しくて、世界が何度も壊れて真っ暗になった。

ずいぶん経ってから顔を上げると、いつのまにかセミの影は消えていた。

それからもセミは毎日、朝の十時頃になると家を訪ねてきた。倉庫で遊んでいたときと同じ時間に。まるで何も起きなかったかのように。そのたびお祖母ちゃんかお祖父ちゃんが玄関へ行き、星矢くんだよと、部屋まで呼びに来た。でも僕は体調が悪いと言って、絶対に出なかった。セミはあきらめて帰っていったけれど、つぎの日になると、またしつこくやってきた。

——ケンカか？

いいかげんおかしいと思ったようで、三日目になるとお祖父ちゃんに訊かれた。

——そんなんじゃない。

セミがお父さんを殺したことを、僕はお祖父ちゃんにもお祖母ちゃんにも話していない。これからも話すつもりはない。

——具合悪いだけ。

まったくの嘘ではなかった。日が経つごとに、僕の身体はどんどんおかしくなっていた。おそろしくきつい帽子でもかぶせられているように頭が痛み、ご飯もほとんど食べられず、四日目には熱が出て、布団から起き上がる力もなくなってしまった。ぜんぜん眠ることができず、眠れたときは必ず、はっきりと色のついた夢を見た。夢の中では悪いことばかりが起き、そこから逃げ出すように目を覚まし、起きてみると夢のほうがまだましだったと気づいて、また目を閉じる。その繰り返しだった。お祖父ちゃんとお祖母ちゃんは心配し、病院に連れて行こうとした。でも僕は嫌だと言いつづけた。

——このまま死ぬかもね。

二人はとても哀しそうな顔をしたけれど、それを申し訳ないと思う気持ちも、もうなくなっていた。実際、このまま身体がどんどん弱って、死んでもいいと思った。こんなことばかりなら、いったい何のために生きているのかわからない。いいことがあっても、どうせすぐにまた悪いことが起きる。しかもその悪いことは、いいことのあとのほうが、いっそう悪く感じる。それならもう、どんどん悪いほうへ行ってしまいたかった。絶対にいいことが起きないようなところまで行ってしまいたかった。

それからさらに二日が経っていた。

今日、お祖父ちゃんとお祖母ちゃんは、早くから二人で出かけていった。もしかしたら、どこかの病院に、僕のことを相談しに行ったのかもしれない。小児科や内科ではなく、心の病院みたいなところに。そんなことをしても意味なんてないのに。

布団に寝そべったまま、身体を横にすると、壁際に置いたラジカセが目に入った。小窓の中に、お祖父ちゃんにもらったカセットテープが見えている。空っぽのやつをもらい、セミと二人して、倉庫で無意味なことを録音して遊んだときのものだ。それを思い出すと、部屋の中にセミがいるように感じられ、頭のてっぺんがかっと熱くなった。僕はすぐさま起き上がり、カセットテープをラジカセから取り出して床に放り捨て、右手をハンマーのように振り下ろした。でも壊れなかったので、今度は立ち上がって足で踏みつけた。それでも罅（ひび）さえ入らず、とうとう僕は机に置いてある電動鉛筆削りを掴み、渾身の力でカセットテープに振り下ろした。バキッと乾いた音がしてプラスチックが砕けた。二回三回と振り下ろすと、プラスチックは数え切れないほどの破片になり、中から飛び出した黒くて細い帯が無数のヤスデみたいに絡まり合った。

　壁の時計は、十時を少し回っている。

　呼び鈴は鳴らず、聞こえてくるのはミンミンゼミの声だけだ。

　昨日も、やはり朝の十時頃に呼び鈴が鳴った。お祖父ちゃんは近所の畑を手伝いに行っていて、お祖母ちゃんはトイレに入っていたので、玄関まで出ていく人は誰もいなかった。呼び鈴は何度も鳴り、僕はそれを無視しつづけたが、ピンポーンと鳴るたびにいらだちが増し、だんだんとその音が、耳ではなく頭の中に直接刺さってくるように思えた。七回目になるともう耐えられなくなり、気づけば僕は部屋を飛び出して玄関へ突進し、ガラスが壊れるくらいの勢いで引き戸を横に払っていた。

　怯えた顔のセミが立っていた。五日間でずいぶんやせていて、頬骨が浮き出し、そのせいか、前よりももっと両目が離れて感じられた。

——もうぜったい来ないで。

セミは僕の目を見られずにいた。でかい図体が小さく映り、身体の左右に垂れた両腕も、それを使って何ひとつできそうにないくらい弱々しかった。

——来ても迷惑なだけだから。そうやって人のことをぜんぜん考えないのが、みんなに嫌われる理由だよ。そんなことも気づいてなかったでしょ？　言っとくけど、みんなセミのこと嫌ってるから。ツルもカミムーもシモムーも僕も。

腐った果物を思いっきり握りつぶしたような感覚だった。嫌なにおいを放つ、ぐちゃぐちゃの破片が手に残り、僕はそれを相手の顔になすりつけるような気持ちでつづけた。

——セミっていうあだ名も、ほんとは目と目が離れてるからだよ。知らなかったでしょ。みんなで馬鹿にしてるんだよ。だって馬鹿だし。

自分のことが止められなかった。止められなくてもいいと思った。いま、のどのすぐ下までこみあげ、これから口にしようとしているひと言が、絶対に取り返しのつかないものだと知っていたけれど、僕はそれもはっきりと言葉にした。

——水をくもうとして滑ったとき、川まで落ちて死んでればよかったのに。

セミの黒目が瞬間移動のように動き、僕の顔をまともに見た。

——そしたら僕のお父さん、いまも生きてただろうから。

戸を閉めると、セミの姿は消えた。そのあとは部屋に戻って目をつぶっていたので、セミがどうなったのかはわからない。玄関先で静かに泣いていたかもしれないし、家に帰ってから泣いたかもしれない。馬鹿だから、僕の言葉を上手く理解できなかったかもしれない。

——誰だったの？

トイレから出てきたお祖母ちゃんが、部屋に入ってきた。

——星矢くん？

僕は言葉を返さなかった。お祖母ちゃんも黙ったまま、しばらく枕元に座り込んでいたが、やがて音もさせずに立ち上がって部屋を出ていった。

きっともう、セミが僕を訪ねてくることは二度とない。

そうなってほしいと思っていたはずなのに、目の裏側が熱くて、鼻の奥が痛かった。手を伸ばし、ラジカセを引き寄せる。ラジカセの後ろには「旅路の恋花火」と書かれたカセットテープが転がっていた。セミと倉庫で遊びはじめてから一度も聞いていなかったそのテープを、僕はラジカセに入れ、巻き戻して再生した。いまよりも若い、お祖父ちゃんとお祖母ちゃん——僕を捨てる前のお母さん——まだ生きているお父さん——僕は目をつぶり、二歳の頃に戻った自分を想像した。そうしているあいだは、まだ変えられる未来がそこにあった。

（十二）

翌日の朝、車に乗せられた。

「昨日のうちに、お医者の先生には相談して、全部わかってくれてるから」

運転席から、お祖父ちゃんがミラーごしに目を向ける。

お祖母ちゃんは、僕の隣ではなく助手席に座っていた。後部座席には乗る場所がなかったからだ。そこには、僕が普段使っている寝間着や洗面道具が、旅行用のボストンバッグに入れられて置いてある。

二人が昨日、朝から出かけていたのは、やはり病院だったらしい。寝間着や洗面道具を持っていくということは、きっとすぐには帰ってこられないのだろう。

でも、病気が治ることは絶対にない。僕が治そうと思っていないから治らない。このままもっともっとひどくなってほしい。また身体を勝手に動かされて、気づいたときにはもう目の前から世界が消えていてほしい。僕を診察する医者はきっと、何日も経ったあと、どうして少しも良くならないのか不思議に思うだろう。お祖父ちゃんやお祖母ちゃんから「全部」聞いているはずなのにと。「全部」わかってるはずなのにと。いちばん重要なことを知らないくせに。

「秀ちゃん、なんにも心配いらないからね。大丈夫だから」

助手席からお祖母ちゃんが顔を向け、何かを探すように僕の目を覗き込んだ。しばらくしてから、それが見つかったのかどうかはわからないけれど、すっと目を伏せてまた前に向き直った。

エンジンが回り、タイヤがぷつぷつと砂利を踏む。窓の向こうで景色が後ずさりするように動き、車は畑につづくゆるい坂道を下りはじめる。僕は首を垂れ、自分がはいている白いスニーカーを見下ろした。左足のつま先に、ヤンモウの赤い汁がついている。そういえばこのスニーカーをはいたのはあの日以来だ。セミと根上がり松に行ったときも、倉庫で遊んでいるときも、ビーチサンダルをはいていたので、こんな染みがあることに気づいていなかった。僕は右足の踵で、その染みをこすった。とれることはなく、ただ土色にいっそう汚れるだけだった。

「ん……あれ、皆川さんとこの車じゃねえかな」

お祖父ちゃんの声に、身体がさっと硬くなった。顔を上げると、グレーの四角い軽自動車が見える。僕たちの後ろに家は一軒しかないから、うちに向かっているところだとしか考えられない。もしかして、セミが自分の親に何か話したのだろうか。家族全員で謝りにでも来たのだろうか。

しかし距離が縮まったとき、そこにセミが乗っていないことがわかった。ハンドルを握っているのは、すごく大きな女の人で、助手席に座っているのは、それよりも少し小さな男の人。初めて見るセミの両親だった。

こっちが道の左側いっぱいに、あっちが右側いっぱいに寄り、お互いに何メートルか手前で車を停める。お祖父ちゃんがウィンドウを下ろして首を突き出す。

「すいませんね、いまからちょっと——」

そのときにはもう、セミのお母さんが運転席を飛び出していた。こちらに向かってどたどたと砂利道を駆け上がってくるその顔は、まるで怪物に追いかけられているように引きつり、両目が飛び出している。

「うちの子を見ませんでしたか？」

「今日は来てねえけど――」

「何か聞いてませんか？」

そう訊ねるお母さんの肩ごしに、助手席から降りてきたお父さんも勢いよく首を突き出した。やはり引きつった表情をしていて、シャツの色が変わるくらい全身に汗をかき、右手に何か白い紙を持っている。

「星矢がいないんです。起きてこないから、部屋に行ってみたら、これ――」

お父さんは右手を車内に突っ込んで紙を見せた。学校で使っている縦書きのノートを手でやぶいたもので、汚い字が並んでいる。でも、それを持つ手がひどく震えているせいで読めなかった。いいですか、とお祖父ちゃんが確認してから、その紙を受け取る。僕は腰を浮かして文字を読んだ。いちばん上に「い書」と書かれていた。


少しだけためた、こずかいは、富岡にあげてください。ありかは、押し入れのよこにある、たなの、いちばん下です。四角いカンにぜんぶ入っています。きのう、ね上がりまつまで行って見つけたお金も、５２円いっしょに入っています。フナはえさをやりすぎないようにしてください。水そうのそうじは一しゅう間に一回くらいでいいです。もしせわが大へんだとおもったときは、大さこ川にかえしてもいいです。ずっとバカでごめんなさい。いらない子どもでごめんなさい。でもたのしかったです。ありがとうございました。

星矢

書かれたことの意味は、すぐにわかった。でもそれが頭の中に入ってくるまで時間がかかり、ようやく本当に理解したときには、お祖父ちゃんが口で息をしながら僕を振り返っていた。

「秀一、お前、なんか知らねえか？　星矢くんから聞いてねえか？」

意識する前に、僕は首を横に振っていた。そのときの自分の表情がどんなだったかはわからない。とにかくそれを見たお祖父ちゃんもお祖母ちゃんも、セミのお父さんもお母さんも、僕がセミの遺書を目にしたせいだと思ったらしく、疑いもしなかった。

「俺らも、すぐ捜してみるから」

お祖父ちゃんが慌ただしく遺書を窓の外に差し出す。セミのお父さんはそれを両手で受け取ると、そのまま拝むように頭を下げた。

「すみません、お願いします。でも、いまからどこか――」

「事情が事情だから。警察に連絡は？」

「まずは富岡さんのとこ行ってからと思って……でもすぐ引き返して電話してみます」

どうして最初に警察に連絡しないのか。猛烈な怒りがこみ上げたけれど、それが自分を騙すためのものだということはわかっていた。

「いまんとこ捜した場所は？」

「まだ、どこも。ここに向かいながら、まわりを見てはいたんですが……」

セミのお父さんの声が震えている。お母さんの息遣いも震えている。お祖父ちゃんが車のギアを入れ、空気を追いやるような手つきで坂道の左側を示した。

「俺らは、下りたとこの、こっち側を捜してみるから。そちらさんは反対のほうを。うちの庭を使ってUターンしてもらって」

「わかりました」

お祖父ちゃんがふたたび車を発進させる。右端に停めてある相手の車にぶつからないよう、最初はゆっくりと進み、脇を抜けてからようやくスピードを上げた。バックミラーごしに、セミのお父さんとお母さんが自分たちの車に駆け戻るのが見えた。

「秀一……ほんとに何も聞いてねえか？」

うなずくことも、首を横に振ることもできなかった。僕はただ顎に力を入れて唇を閉じ、鼻で呼吸をしながら、フロントガラスの向こうを見ていた。僕のせいだ。セミを馬鹿だと言い、みんなに嫌われていると言い、目と目が離れているからセミだと言い、川に落ちて死んでいればよかったと言い、そうすればお父さんが生きていたと言ったせいだ。

本当に——本当の意味で、僕は取り返しのつかないことをしてしまった。手足の感覚が消え去り、車の振動を感じながらも、胴体だけがその場に浮いているような気がした。やがてその胴体も消えていき、僕はもう首だけになって、細かく揺れる景色の中を進んでいた。ちゃんとまわりを見なければいけない。もしかしたらセミの姿がどこかにあるかもしれない。そう思っても、目玉を動かすことさえできず、そんな僕を、お祖父ちゃんがミラーごしにときおり覗き見ているのがわかった。何かを確認するように。僕がやってしまった取り返しのつかないことを、暴こうとしているように。

「前！」

お祖母ちゃんが声を上げた。ブレーキペダルが勢いよく踏み込まれ、そのときにはもう、草陰から飛び出した何かがフロントガラスのすぐ前まで迫っていた。がくんと大きく揺れて車が停まり、僕は顔面から運転席の背もたれに激突し、鼻の奥が燃えるように熱くなった。両手で背もたれを押すようにして、急いで身体を引きはがしたとき、お祖父ちゃんとお祖母ちゃんが長い息を吐くのが聞こえた。

車の前に、セミが立っていた。

つぎの瞬間、セミは猛烈な勢いで車を回り込み、後部座席のドアに手をかけた。食いしばった歯をむき出しにしながら、左側のドアをがちゃがちゃ鳴らしはじめる。我に返ったお祖父ちゃんが手元のボタンでロックを外すと、ドアは勢いよくひらき、セミは吹き飛ぶように後ろへ倒れて尻餅をついた。

「星矢くん、お父さんとお母さんが――」

お祖母ちゃんが言いかけたが、セミはそちらに目も向けず突進してくると、僕の隣に飛び込んだ。すぐさまドアを閉め、ぜえはあいいながら顔を向ける。セミの服装は、わけがわからないこの状況の中でも、さらにわけがわからなかった。背広を着て――いや背広ではなく、何というのだろう、七五三や誰かの結婚式で着せられるような上着とワイシャツ。下はそれとセットの半ズボン。しかしどれもサイズがまったく合っておらず、無茶苦茶に小さくて、シャツの裾から腹の肉がはみ出している。いっぽうで両足にはいている革靴は極端に大きく、ぶかぶかだった。

「富岡、もしかして病院に行くところなのか？」

荒い呼吸とともに顔面が急接近してきた。驚きのあまり声を返せずにいると、セミは運転席に顔を向けた。

「病院に行くんですか？」

ぽかんと口を半びらきにしたまま、お祖父ちゃんがうなずく。するとセミは何故かほっとしたような顔つきになり、背筋を伸ばしてシートに座り直した。

「このまま行ってください」

「いや、え、星矢くん――」

「ねえ何があったの？」

お祖母ちゃんが身体をねじってこちらを向く。

「何もないです。このまま連れてってください」

「だってそんな、お父さんもお母さんも捜してるのよ？」

「行ってください、早く！」

そうしているうちにお祖父ちゃんが運転席の窓を開けて首を突き出した。大きく息を吸い込み、それに気づいたセミが動物のように背後から飛びかかって口をふさごうとしたが、遅かった。

「星矢くんいたよー！」

「言わないで！　早く行って！」

　セミが叫ぶ。どうしてそんなに病院へ行きたいのか。もしかして僕みたいに心がどうかしてしまい、それを治そうとしているのだろうか。でもそうすると、あの遺書は何だったのだ。セミの身に何が起きたのかを、僕は必死に考えた。自分が知っているかぎりのことを思い出してみた。大きな出来事は二つある。一つは僕が、お父さんの事故をセミのせいにしたこと。それからセミは毎日やってきて呼び鈴を鳴らしたけれど、僕は会わなかった。玄関先に出ていき、とんでもない言葉を口にしてしまったのが一昨日のことで、昨日はいつもの時間に呼び鈴が鳴らず、僕はセミと遊びで録ったテープを粉々に壊し、そのあと二歳の頃に録られたテープを再生して――ちょっと待った。

「早くしないと連れ戻されちゃう！」

　まさか。

「星矢くん、ねえ、お父さんとかお母さんに何かされたの？　おうちで、つらいことがあるの？」

　そんなお祖母ちゃんの声も耳に入っていないようで、セミは同じような言葉ばかりを繰り返している。早く行ってください。車を出してください。家に連れ戻される前に、病院に連れていってください。

「早く！」

たぶん、そのまさかだった。

「馬鹿！」

最初に僕の口から飛び出したのはそのひと言で、いったん声が出てみると、すぐにつぎの言葉がつづいた。

「何でそんなに馬鹿なんだ！　馬鹿！　馬鹿！　馬鹿！」

無我夢中で罵倒しながら、僕は生まれて初めて人を殴った。馬鹿という言葉一つにつき一回というように、セミの身体につぎつぎこぶしを打ち込んだ。僕の小さくて情けないこぶしは、ぼて、ぼて、と大きな肩や腹や胸にぶつかるばかりで、しかしそれでもセミは顔をゆがめ、両肘を内側に引き寄せて身を守った。そして僕の攻撃がやむと、自分の胸のあたりに手をあてて心配そうな顔で訊いた。

「もしかして、馬鹿だと駄目なのか？」

その言葉を聞いた僕はいっそう勢いよく攻撃を開始し、セミにこぶしをぶつけまくった。じっさいセミは馬鹿で、嘘みたいに大馬鹿だった。後ろから軽自動車が近づいてくる。道の真ん中で停まり、セミのお父さんとお母さんが駆け降りてくる。それを見たセミは両手で頭を摑み、わああああと絶叫し、叫び声の最後が泣き声に変わった。僕は最後にもう一回「馬鹿！」と言い放ったあと、セミといっしょに声を上げて泣いた。セミのお父さんとお母さんが、車に張りつくようにして中を覗き込む。僕たちの嗚咽（おえつ）は止まらず、呆気にとられる大人たちの前で、お互いの服を摑み合いながらいつまでも泣いた。いいことなんて何も起きないけど、でも、それでも、ぜんぶ大丈夫だという気がした。お父さんが事故にあった理由なんてわからなくていい。お母さんは帰ってこないかもしれないけど、それでもいい。もうすぐ二十一世紀が来る。みんな、よくなる。ぜんぶ、よくなる。そんな思いで自分自身がいっぱいになっていくのを感じた。

https://www.youtube.com/
watch?v=smXTzT8k_IQ

第四話

ハリガネムシ

（一）

塾生たちが練習問題に取り組んでいるあいだ、ずっと教室の窓に目をやっていた。先週から稼働しはじめた暖房のせいでガラスの内側が曇り、そこに映った高垣沙耶（たかがきさや）の顔がよく見えない。かといって正面から堂々と彼女の顔を眺めることも難しい。練習問題と格闘しながらも、集中力のない塾生たちはけっこう講師の動きを見ているものだ。自分が高校時代に塾へ通っていたときもそうだった。いや僕が通っていたのは塾ではなく市街地の予備校で、こんなプレハブみたいな小さい建物ではなかったし、講師ももっと教え方の上手い一流の人たちだったけれど。

教卓の上でスマートフォンのアラームが鳴る。

僕は両手を八の字に広げ、教卓の端を摑（つか）む格好で前傾姿勢になった。

「終了。後ろから回して集めてくれ」

語尾の「くれ」も、この前傾姿勢のポーズも、学生時代に見た『ＧＴＯ』という学園ドラマの主人公を真似ているにすぎない。世代が違うと、真似をしても悟られないから助かる。毎年、塾生たちが大学受験を終えて塾を卒業していくとき、馬鹿の一つおぼえのように寄せ書きをくれるけれど、そこにも「アツい」「男らしい」「カッコいい」という言葉がいつも並んでいた。授業内容に関するコメントを書いてくれる塾生はほとんどいないが。

「次回までに採点して個別アドバイスを書いとくから、今日はこれで終わり。でもいいか、家に帰っても時間を無駄にするなよ。勝負に敗れるときには必ず理由がある。その理由を徹底的に排除していけ。いつも言ってるように〝勝ちに不思議の勝ちあり、負けに不思議の負けなし〟だ」

松浦静山（まつらせいざん）という、江戸時代の剣豪が記した剣術書からの引用——と塾生たちには話してあるが、本当は、それを引用した野村克也（のむらかつや）監督からの孫引きだった。以前たまたまテレビをつけたとき、この言葉について話しているのを見て、すぐにパクった。剣術書のほうは読んだこともないし、どこかで読めるのかどうかも知らない。

「やるだけやったら……あとは自分を信じろ」

どん、と右の拳で胸を叩き、その拳を前に突き出す。塾生たちの大半が、こちらに向かって拳を突き出し返す。これは二年くらい前に自分で考案したオリジナルの仕草で、何回かやっているうちに相手が反応してくれるようになった。

「おお田浦（たうら）、何だ」

最前列の席で、田浦が手を挙げている。僕が教えているクラスで唯一、高垣沙耶と同じ高校に通っている塾生だ。丸顔に丸眼鏡。短い前髪は真っ直ぐに切りそろえられ、後頭部は刈り上げ。声は変声期を過ぎていないようなハイトーンで、わざとじゃないかというくらいカツオの友達に似ている。

「先生、寄生って何なんですかね」

「……嘘だろおい？」

あまりに基礎的な質問をされたので腰が抜けそうになった。大学受験まであと三ヵ月。しかも僕が担当している化学クラスと生物クラスで、どちらも成績トップを維持している田浦からの、まさかの質問だった。生物の寄生については今日の授業でも復習(さら)ったばかりだし、さっきの練習問題にも出ていたはずだ。

「いまさらお前そんな……ああ、ありがとう」

解答用紙の束が戻ってきたので、急いで田浦のものを探した。あった、これだ。寄生について説明せよ――ある生物がほかの生物の表面についたり内部に入ったりして栄養を摂取し、そこで生活すること。寄生の具体例を一つ挙げよ――ハリガネムシとコオロギ（カマドウマ、カマキリなど）。

「何だよ、できてるじゃんか」

「いや、寄生そのものはもちろんわかるんですけど、何なのかなと思って。それでも生物って言えるのかな、みたいな。自分だけで生きていけないとか、哀しくないですか？」

田浦は顎(あご)を斜めにそらして唇をゆがめる。眼鏡に電灯が反射して表情がわからないが、嗤(わら)っているのだろうか。

「人間だってみんな地球に寄生してるようなもんだ」

やりとりを聞いていた塾生たちは、なるほどといった顔で頷く。田浦だけは、しばらく顎を斜めにそらしたままでいたが、やがて唇のあいだからふっと息を洩らして帰り仕度をはじめた。いったい何が言いたかったんだこいつは。僕に遠回しな皮肉でもぶつけたつもりだったのか。カツオの友達の分際で。脇役のくせに。

高垣沙耶がリュックサックを背負って廊下に出ていく。

彼女をこっそり目で追っていると、ほかの塾生たちもぱらぱらと教室の出口に向かった。授業が終わると夜九時を過ぎてしまうので、多くの高校生が親の車で送り迎えしてもらっている。しかし自転車で通っている塾生も何人かはいて、高垣沙耶もその一人だ。

窓辺に近づき、塾生たちが駐車場で親の車に乗り込んだり、自転車にまたがったりするのを、曇ったガラスごしに眺める。誰もいなくなるのを待ち、鞄から「クリアマックス」の缶を取り出す。ホームセンターで買ってきた、ガラスの曇り止めスプレー。さっきまで高垣沙耶が映っていた窓にそれを吹きつけ、ハンカチで塗りのばす。塾生たちの席は決まっているわけではないが、たいがいみんな同じ場所に座る。高垣沙耶の横顔は、つぎの授業の際もおそらく同じ窓に映るだろう。いや、たまに違う席に座ることもあるし、そもそも窓が一枚だけ曇らなかったら妙に思われるだろうか。そう考え、僕はぜんぶの窓に丁寧な防曇加工を施していった。スプレーを鞄に仕舞い、講師室に戻ってそそくさと帰り仕度をすませる。正面玄関を抜けて車に乗り込み、急いで駐車場を出る。この車はいくらしたのかと、以前に田浦に訊かれたことがある。百万円くらいだと答えたが、実際には二十九万円の中古車で、しかも就職浪人中に親が買ってくれたものだ。ドラマの主人公のようにバイクに乗りたかったけれど、僕は自動二輪の免許を持っていない。

夜道に車を走らせて海岸通りへ向かいつつ、ドアポケットから受信機を取り出して電源を入れた。イヤホンを両耳に突っ込んでみるが、いまは無意味なノイズが聴こえてくるだけだ。閑散とした海岸通りをしばらく走り、漁港の駐車場に車を入れる。イヤホンから響いてくるのは依然としてノイズばかり。サイドブレーキをかけてエンジンを切り、ルームミラーを調節すると、漁港に面した家々の窓灯(あか)りが映った。高垣沙耶の家は、鏡の中で数えて左から三番目。ほかの家からは少し離れた場所に建っている。

その二階にある彼女の部屋は、まだ暗い。

（二）

勉強しかできなかった。子供の頃からずっと。

両親はそれで満足しているようだったが、僕は嫌だった。運動会の前日はどこかへ消えてしまいたくなったし、図工で絵を描けば途中で何度も画用紙をぐちゃぐちゃに丸めたくなった。リコーダーやピアニカはみんなといっしょになんとか指を動かしていたものの、間違えるのが怖くて、実際には音を出していなかった。小学三年生から通いはじめた水泳教室は楽しかったけれど、家に帰ったあと無茶苦茶に眠たくなってしまうので、勉強に集中するため六年生のとき親にやめさせられた。

　中学受験と高校受験は上手くいったが、大学受験では第一志望の国立に落ちた。とはいえ入学したのは県内トップクラスの私立大学で、そこで成績上位者として掲示板に名前が貼り出されることもあった。

　が、就職活動でいよいよ完全に失敗した。都内のＩＴ系企業でエンジニアになりたかったのに、最初に受けた四社の面接で全滅。その後は面接の傾向と対策を考えに考え、考えすぎたせいで頭がすっかり混乱し、就職活動の後半はもう面接官が何を言っているのかさえ理解できなくなっていた。

　就職浪人中に、市内の学習塾で「化学」「生物」の講師アルバイト募集があった。小遣いほしさに応募したら、卒業した大学名のおかげか、すんなり採用された。

　講師として働きはじめると、世界の色が変わった。塾生たちはみんな僕の話を真剣に聞き、競うようにノートをとり、ちょっとした冗談にも笑ってくれた。自分が一枚の絵だとすれば、初めて教壇に立った日を境に、背景ががらりと描き替えられた気がした。二年目からは、学生時代に見た学園ドラマの主人公をためしに真似てみた。みんないっそう僕を頼りにしてくれた。その快感を新たな失敗で上書きするのが怖くて、気づけば就職のことを考えなくなっていた。中途半端な現状にしがみついたまま、いまや三十歳のアルバイト講師。月収六万数千円の実家住まい。そんな自分を直視すると、運動会の前日のような、図工で絵を描いていたときのような、リコーダーやピアニカで指だけ動かしていたときのような気分になる。

だから僕は今日、あのＵＳＢアダプタを高垣沙耶に渡したのだろうか？

夢中になれる何かがほしくて。

自分自身を忘れる時間がほしくて。

彼女に渡したＵＳＢアダプタは、ネットで税込み六千六百円。白い本体はマッチ箱より少し大きいくらいで、コンセントに挿し込むためのプラグは「前へならえ」のような折り畳み式。側面にはＵＳＢジャックが二つついていて、つまり一つの電源から二つのＵＳＢ機器に電力を同時供給できる。しかもメインの機能は盗聴だというのだから技術の進化は恐ろしい。

――ホット・アイマスク。あたしも使ってるんだけど、むっちゃ気持ちいいよ。

僕の授業を受けている塾生のなかに、五人の仲良し女子グループがあり、高垣沙耶もそこに含まれていた。グループ内ではいつからか、誰かの誕生日にほかの四人がお金を出し合ってプレゼントを買うというくだらない慣習ができあがっていて、先週は高垣沙耶がそのプレゼントをもらう番だった。四人から彼女に贈られたのは、電気の力で両目をあたためてくれるというアイマスク。そっと彼女たちのそばへ行ってみると、パッケージには「ＵＳＢ電源」と書かれていた。

――ありがと。気持ちよさそう。

高垣沙耶の笑顔は相変わらず、絵が下手くそな人が無理に描いた写実画みたいだった。ぎこちなくて、不自然で。楽しそうに笑ってはいけないと、あらかじめ誰かに命じられているかのように。その顔を見るたび僕は、何かに似ていると感じる。いったい何だろう？　わからないまま、彼女のことが気になった。気になって仕方がなかった。本当の彼女はどんなだろう。一人でいるとき、彼女はどんなだろう。高垣沙耶がアイマスクをプレゼントされた日、いつものようにそんなことを思いながら自室でネットを探っていたら、盗聴器の通販サイトに行き着いた。僕はそのサイトでＵＳＢアダプタを購入し、三日後に自宅へ届いたそれを、今日の授業前にこっそり高垣沙耶に渡した。家で余っていたやつだから使ってくれと言って。一人だけ贔屓（ひいき）していると思われないよう、みんなには内緒だよと言って。彼女は何の疑いもなく受け取りながら、やはりあの笑顔を見せ――。

ノイズが唐突に途切れた。

ルームミラーで背後を確認すると、いつのまにか高垣沙耶の部屋に明かりがついている。僕は受信機のボリュームを最大にし、イヤホンに両手を添えて耳をすました。

どうやら彼女は帰宅するなり、さっそくＵＳＢアダプタをコンセントに挿し込んでくれたらしい。これで盗聴器に電力が供給された。今後はコンセントから抜かないかぎり、ＵＳＢアダプタは半永久的に周囲の音を拾い、電波に乗せつづけてくれる。

軽くものがこすれる音。

それがしばらくつづいたあと、アダプタ本体に直接ふれたようなノイズが聴こえ、ついでゴゴッと低い音がした。おそらくアダプタに何かのＵＳＢケーブルが挿し込まれたのだろう。ケーブルの反対側につながっているのは、あのアイマスクだろうか。それともスマートフォンか何かだろうか。

どさ、とアダプタ自体がやわらかい場所に落ちたような音。

ついで、布と布がゆっくりとこすれ合う、かすかな音。

『キムチ……』

そう聴こえた。帰宅早々にキムチとはどういうことか。眉をひそめて音に神経を集中させていると、彼女の長い吐息が聴こえてきた。とても気持ちよさそうな……そうか、さっきのは『気持ちいい』と呟(つぶや)いたのかもしれない。してみると、USBケーブルに接続されているのは誕生日プレゼントのアイマスクに違いない。

僕は目を閉じて想像した。

ベッドに横たわる高垣沙耶。アイマスクの下で、彼女の唇が天井に向けられている。その唇が、両目をあたためられた気持ちよさから、しだいに薄く隙間(すきま)をあける。アイマスクから延びたケーブルは僕のUSBアダプタにつながり、そのアダプタが挿し込まれているのは壁のコンセント……いや、彼女の呟きや吐息はかなりはっきりと聴こえたから、もっと近い場所かもしれない。たとえばベッドのヘッドボードについているコンセント。あるいは、壁に挿した延長コードを、ベッドの枕元まで延ばしているのか。――そうだ、後者で間違いない。先ほど聴こえた、アダプタ自体が何かやわらかい場所に落ちたような音は、それで説明がつく。彼女は壁から枕元へと延びた延長コードを手に取り、そこに僕のアダプタを挿した。そのアダプタに、アイマスクのＵＳＢケーブルをつないだ。最後にそれをぽんとベッドに投げ出したあと、全身を横たえたというわけだ。

しばらく何も聴こえなかった。

高垣沙耶はベッドの上で全身の力を抜き、アイマスクのあたたかさを味わっている。勉強で疲れた彼女は、もしかしたらこのまま眠ってしまうかもしれない。低温やけどをしてしまったら大変だ。でも、ああした商品はたいてい二十分とか三十分で自動的に電源が切れるようになっているから大丈夫だろうか。

「……ん」

素早い衣擦れの音と、ベッドの軋み。何かに気づいたか、驚いたかして、急いで起き上がったような。

かすかな足音。だんだん近づいてくる。それがわかるくらいだから、たぶん足音の主は男性だ。兄弟はいないと聞いているので、父親だろうか。

部屋のドアがひらかれる音。

『……か』

声からして、やはり父親だったらしい。僕は目を閉じたまま、ドア口に立つ人物の姿を想像した。白髪まじりの、五十代の男。なにしろ会ったことがないので、顔つきはこれといって特徴のない、ごく常識的な線の集合でしかなく——さらにその姿は、彼女がつぎの言葉を発した瞬間、白くもやもやとした、いっそう曖昧なものに変わった。

『部屋に入らないでください』

……?

『俺の家だ』

父親ではないのだろうか?

『でも、わたしの部屋です』

ますますわからない。

高垣沙耶が暮らす自宅の様子は、事前にきちんと下調べしてある。古くも新しくもない二階建ての一軒家で、表札に「高垣」と書いてあるのも確認していた。それが「俺の家」ということは、彼は高垣ナントカなのだろう。普通に考えれば高垣沙耶の父親ということになるが、彼女は相手に対して敬語を使っている。

『晩飯は食わないのか』

質問というよりも、相手に行動を強いているような口調だった。

『お母さんが帰ってきたら食べます』

『俺がテーブルにいるからか』

『まだお腹すいてないからです』

何か聴き取れない言葉が呟かれたあと、男の足音が遠ざかっていった。すぐさま高垣沙耶が立ち上がり、部屋のドアを閉める。そしてまた戻ってくると、帰宅してきたときよりも乱暴な音を立ててベッドに身体を投げ出した。

（三）

翌日、化学の授業中に僕は何度も窓に目をやった。「クリアマックス」の効果でガラスは曇らず、高垣沙耶の横顔ははっきりとそこに映っている。

授業が終わり、塾生たちが帰り支度をはじめる中、僕は用意していた台詞を口にした。

「田浦、昨日お前、寄生の話をしたろ」

「しましたけど？」

「一人で生きていけず誰かに寄生して、それでも生物と言えるのか、みたいな」

「はい」

「もしそれが人間だったら……俺もそう思うよ」

視界の上端に映る高垣沙耶を意識し、声を張る。

「寄生は下等生物の生存戦略だから、人間がやったら、たしかに哀しいし、みっともない。もちろん子供は別だけどな」

「でも、人間もみんな地球に寄生してるようなもんだって――」

「あれは違った。地球は生き物じゃない」

「ですよね」

「人間の、しかもいい大人が、誰かに寄生して生きていたとしたら、それは恥ずかしいことだ」

「ニート?」

田浦が半笑いを浮かべる。僕は顔を上げ、全員に向かって言った。

「お前ら、将来ぜったいそうなるなよ」

右の拳で胸を叩き、その拳を前に突き出す。塾生たちは拳を突き出し返す。高垣沙耶はといえば、猫の顔がデザインされた可愛らしいペンケースをリュックサックに仕舞いながら無反応だった。でもそれはきっと表面だけで、内心ではあの男のことを思い出しているに違いない。

『ご飯、食べてないの?』

ゆうべあれから高垣沙耶の部屋に聴き耳を立てていると、遅い時間になって母親が帰宅した。

『食べてない。……あの人は?』

長いあいだ一人きりで黙り込んでいた高垣沙耶の声は、咽喉に引っかかってかすれていた。

『下のテーブルで寝ちゃってる』

『ねえ、何であの人、ずっと家にいるの? 何で仕事探さないの?』

『あんたが大学卒業したら、いろいろ考えるから』

『大学に合格しても、行けないかもしれないいんでしょ? お金足りないんでしょ?』

『お母さんが、いまの仕事でなんとかする』

『無理じゃん。こないだだって、塾のお金を払えなくなるかもしれないって、わたしに相談してきたじゃん。わたし塾なんて、やめろって言われたらやめるけど、そんなんでどうやって大学の入学金とか学費とか出せるの？』

彼女があんな強い声音で喋るのも、あんなにたくさんの言葉を発するのも、僕はそれまで聞いたことがなかった。堰き止められていた言葉がどんどん出てきて、自分では抑えられなくなっているのがわかった。

『家のローンだって、あの人が働かないんなら、このままお母さんがかわりに払いつづけなきゃいけないんでしょ？　わたしべつに大学とか行かなくていいよ。高校卒業したら働いて、そしたらお母さんと二人でこの家から出られるじゃん』

『駄目。大学は行くの』

母親の声がにわかに硬くなった。

『あんたのお父さんも、あの人も、学がないから失敗した。どっちも失業して、どっちも新しい仕事を見つけられなくて。わたしも学がないから、こんなふうにパートを掛け持ちしながら、ちょっとしかお金を稼げない。あんたは勉強して大学行って、一人でも生きていけるようになるの』

『べつに大学じゃなくても――』

『駄目』

いっそう硬い声で母親が遮った。

『進学をあきらめるなんて今度言い出したら、お母さん許さないから』

聴こえた声は、それでおしまいだった。しばらくすると、高垣沙耶は母親といっしょに部屋を出ていき、夕食や入浴などを済ませていたのか、一時間ほど戻ってこなかった。そのあと室内では、何をしているのかわからないかすかな物音ばかりがつづき、十二時を回った頃には部屋の明かりが消えて完全な無音となった。僕は受信機の電源を切って漁港をあとにした。

イヤホンごしに聴いた内容からすると、おそらく彼女の母親は再婚で、高垣沙耶は前夫とのあいだにできた子供なのだろう。住宅ローンを母親が「かわりに」払っているということは、いま三人で住んでいるあの自宅は、再婚相手の男がもともと持っていた家に違いない。しかし男は現在無職で、仕事を探そうともしていない。母親がパートを掛け持ちし、なんとか家のローンや生活費を稼いでいるが、娘を塾に通わせるのもぎりぎりで、大学に行かせられない可能性も出てきている。

自宅に向かって車を走らせながら、僕の頭に浮かんでいたのは、子供の頃に見たカマキリだった。

夏休みに家の近くで見つけたそのカマキリは、お腹がぱんぱんにふくらんでいた。卵を産むのかもしれないと思い、僕はそれを捕まえて帰り、透明なプラスチックの虫カゴに入れた。卵を産みつける場所が必要だろうと、木の枝を斜めに立て、餌もほしいだろうと、冷蔵庫のソーセージを細かく千切ってばらまいておいた。飲み物もあったほうがいいと思い、手のひらほどのタッパーに水を入れて虫カゴの隅に置いた。しばらくプレステで『ぼくのなつやすみ』をしたあと、卵を産んでいるかどうか確かめてみたら、カマキリはタッパーの水に身体を浸してじっとしていた。お尻の先から黒いものがゆっくりと出てくるのが見えた。僕ははじめ、カマキリがうんこをしているのだと思った。でもそのうんこはいつまでも途切れず、お尻からどんどん出てきて、しかも水の中でうねうねと動いていた。それがうんこではなくハリガネムシという寄生虫であることを教えてくれたのは、会社から帰宅した父だった。カマキリなどの虫に寄生し、身体を内側から壊してしまうのだと説明され、僕は哀しくて泣いた。タッパーの底でうねうねと動いていたハリガネムシは、父がトイレに流して捨ててくれた。内臓を喰い尽くされた僕のカマキリは、首をかしげた格好でしばらくぴくぴくしていたけれど、その夜のうちに死んだ。

「高垣、ちょっといいか?」

教室を出ようとしていた高垣沙耶に声をかけると、彼女はぴたりと立ち止まってこちらを振り向いた。天井のＬＥＤライトに照らされたその顔は、死んだ魚の腹のように生白い。ほかの塾生たちは彼女の横を通り過ぎていき、田浦の刈り上げも、そこにまぎれて廊下へ遠ざかっていく。

「お前、授業に集中できてない感じだったけど、大丈夫か?」

彼女は顎を引く仕草を見せ、しかしすぐに首を横に振る。

「大丈夫です」

そしてまた、あの歪(いびつ)な笑みを浮かべるのだった。

「ちょっと家でいろいろあって、疲れてるんだと思います。すいません」

「謝ることはないけど、家は、なんだ、落ち着いて勉強できない感じなのか？　お父さんとか、お母さんとか――」

言いながら、僕は初めて気がついた。

彼女の笑みが、いったい何に似ているのか。

あれはハリガネムシを見た翌年か、その翌年か、とにかく母の日の前日だった。僕は母親に何かプレゼントしようと思った。そんなことをするのは初めてだったけれど、正月のお年玉がまだけっこう残っていたので、その一部を使ってブローチか何か買ってあげようと考えたのだ。ところが、本人にほしいものを訊ねてみると、自分の絵を描いてくれと言われた。僕は承諾した。手持ちのお金が減らないのは悪くないことだし、絵が下手くそな僕でも、心を込めて描けばいいものが出来る気がしたからだ。描き上げた絵を受け取った母が、嬉しさに目を細め、画用紙を近づけたり遠ざけたりしながら眺めているところを想像し、ひと足早い快感をおぼえた。胸を小猫に甘噛みされているような心地よさを繰り返し味わい、愉しんだ。

でも甘かった。意気揚々と自室の机に画用紙を広げ、頬笑んでいる母を鉛筆で描きはじめてみたものの、やがてそこに現れたのは、ひどく気味の悪い表情をした顔だった。焦りと困惑にかられながら、僕はさらに鉛筆を動かした。線を加えれば加えるほど母の顔は不気味に変形していき、最後には、ぜんぜん見知らぬ人物の、歪（ゆが）みきった笑顔がそこにあった。

翌日、母の日が来ると、僕は絵のことをすっかり忘れていたと言って母に謝った。

そして夜になると、布団の中で静かに泣いた。

泣きやんだとき、リビングから両親の声が聞こえてきた。ドアごしに響いてくるのは曖昧な母音ばかりで、会話はまったく聞き取れなかった。もしかして母は、父にいっさいがっさいをバラしているのではないか。大切な約束も忘れてしまう駄目な子だと話しているのではないか——そう思えてならなかったけれど、起(た)ってドアに近寄る勇気がどうしてもわかなかった。もしあのときドアの向こうに聴き耳を立てていたら、二人の会話はまったく関係のないものだったかもしれないのに。たとえ僕の絵に関する会話だったとしても、控え目に笑い飛ばすような、しょうがない子ねえというような、僕の心を明るくしてくれるものだったかもしれないのに。でも僕は布団に横たわったまま、ただニヤついていた。両親の声が聞こえなくなったあとも、ずっとそうしていた。自分自身の心を誤魔化(ごまか)すために。僕が描いた、母の絵みたいな顔をして。

高垣沙耶の歪んだ笑みは、どちらにも似ている。

あの夜の僕自身にも、画用紙に描かれた母の顔にも。

(四)

その夜、最初に聴こえてきたのは叫び声だった。

昨夜と同様、受信機の電源を入れたまま漁港に車を駐(と)めようとしたら、いきなりイヤホンに悲鳴が届いたのだ。慌ててブレーキを踏み、背後を振り返った。赤く拡散するブレーキランプの向こうで、高垣沙耶の部屋は暗い。イヤホンからはまだ叫び声が断続的に聴こえていた。声の主がいるのはずっと遠く——家の一階だろうか？　ものが倒れる音。床を乱暴に踏み鳴らす音。叫んでいるのは女性だが、高垣沙耶なのか母親なのかわからない。いや、両方だ。ときおり二つの声が重なって聴こえてくる。かすれた悲鳴とともに、互いに何か言葉を発している。

物音と叫び声が、唐突に途切れた。

どどどどどどどどと足音が近づいてくる。一人のものではなく、たぶん二人。漠然とした恐怖に目を閉じると、僕はもう車の中ではなく、高垣沙耶の部屋にいた。ドアが乱暴にひらかれ、すぐさま閉じられる。どん、と大きなものが外からドアにぶつかる。どん、どん。立てつづけに音が響き、細い声をともなった高垣沙耶の息遣いが聴こえ、ばん、と最後にひときわ大きな音がして、彼女が短い声を上げた。両足がたたらを踏むように床を鳴らす。ドアの端に縦長の光が生じ、その光が太くなるにしたがって、男のかたちに黒く切り抜かれていくのが、僕にははっきりと見えた。

『お前……俺のこと何て言った』

唇をほとんど動かさない喋り方で、はっきりと酒を感じさせた。高垣沙耶は小刻みな呼吸をつづけるばかりで言葉を返さない。しかし男が迫ってきたのか、彼女はふたたび短い悲鳴を上げ、逃げるような足音が僕のすぐそばまで近づいた。

『お母さんのこと……もう殴らないって言ったじゃないですか』

『答えろ。お前さっき俺のこと何て言った』

つぎの言葉が聴こえた瞬間、男の光る目が、真っ直ぐ僕に向けられた気がした。

『寄生虫って言ったろ』

『もう殴らないって言ったのに、お母さんのこと殴ってたから、それ見て――』

『つい言っちゃいましたって？　それにしちゃ用意してたような言葉だよな』

重たい足音が接近し、どちらかの身体がベッドにどさりと倒れ込む。

『寄生虫みたいになってやろうか？』

咽喉に力がこもった、押しつぶされた声。

『なあ……こうやって』

僕のせいだ。

『お前の身体ん中に入ってやろうか？　なあ、こうやってさ』

僕が寄生虫の話なんてしたから。わざと高垣沙耶にあの男のことを連想させるような言い方をしたから。震える手で鞄からスマートフォンを引っぱり出す。警察に――いや、そんなことできるはずがない。いったいどうやってこの状況を知ったと説明するのか。彼女にあげたUSBアダプタが実は盗聴器で、それを使って音声を盗み聴きしていたと警察に話すのか。僕が無意味にスマートフォンを握りしめているあいだにも、激しい衣擦れと息遣いがつづき、やがて彼女が大声で叫び、しかしその叫びは即座に封じられた。そのあとは、口をふさがれたらしい彼女の、くぐもった悲鳴だけが断続的に耳に届いた。まるで絶叫そのものが、囚われた場所から逃げ出そうと、何度も何度も出口に体当たりを繰り返しているように。

『お前、いつまでも俺に敬語使ってるってことは、他人なんだろ？　他人ならいいんじゃないのか？』

　足早に階段を上ってくる音。

　男の動きがぴたりと止まり、つぎの言葉はだんだんと遠ざかりながら聴こえてきた。

『あいつに喋ったら、二人ともこの家から追い出す』

　こいつは頭がおかしい。狂っている。母親と高垣沙耶を家から追い出したら、たしかに彼女たちは路頭に迷うかもしれないけれど、自分だってどうしようもなくなるはずだ。そんな単純なことも理解できないくらい、こいつはおかしい。

『今度さわったら殺します』

　小馬鹿にするような短い息遣いを最後に、男は部屋を出ていった。

　階段を上がってきた母親とすれ違ったはずだが、どちらの声も聴こえてこない。

　数秒後、近づいてくる足音につづいて母親の声がした。

『沙耶……平気？』

　彼女は答えない。

『ねえ沙耶、ほっといて大丈夫なのよ。止めると、あんたも叩かれちゃうかもしれないから』

　もう遅い。叩かれるどころではない行為を、すでに彼女はされてしまった。

『お母さん……馬鹿なんじゃないの』

感情の消え去った声で、彼女はただそう言った。

そのあと会話はもう聴こえてこず、やがて一つの足音がゆっくりと離れていき、ドアが閉じられた。しばらくしてから僕の耳に届いたのは、長い長い、高垣沙耶のすすり泣きだった。両手か、枕か、布団か、とにかく何かに顔を押しつけ、彼女は声を抑えて泣いていた。

耳にイヤホンを入れたまま、車から出た。堤防沿いに並んだいくつもの漁船が、一様に揺れている。波のせいなのか、それとも自分自身が揺れているのか。身体を反転させて背後を見ると、高垣沙耶が泣いている部屋は暗いままだった。彼女はそこでいつまでも泣きつづけ、僕は全身がしびれたような感覚の中で、その泣き声を聴きつづけた。屋根の向こうに浮かぶ満月は、空に生じた真っ白な穴に見えた。

（五）

それから毎日、漁港へ行った。

昼間は人目がある場所なので、行くのはいつも夜だった。授業がない日は、空が暗くなった頃。授業がある日は、それが終わってから。毎夜毎夜、僕は漁港の駐車場に車を駐め、高垣沙耶の部屋に聴き耳を立てた。

一人でいるとき、彼女はとても静かだった。まるで物音に反応して襲いかかる怪物と同居しているかのように、歩くときも、立つときも座るときも、ものを動かすときも、何かのページをめくるときも、なるべく音を立てないようにしているのがわかった。僕もまた息をひそめながら、そんな彼女の気配に耳をすました。そうしているうちに、たいがい夜十時を過ぎた頃になると玄関のドアが鳴り、母親が帰宅する。すると高垣沙耶が部屋を出ていき、一時間ほど経った頃に戻ってくる。そしてまた静かに――何かをして過ごす。その時間、一階で怒鳴っているらしい男の声が聴こえてくることがしばしばあった。それが聴こえてこない夜は、母親が娘の部屋をノックし、親子でぽつぽつと会話をした。声の響き方からして、二人でベッドに並んで腰かけているようだった。

　彼女たちの会話を注意深く聴き取りながら、僕は高垣家の事情を少しずつ把握していった。三人が暮らすあの家が、二年ほど前、母親の再婚時に男が所有していたものだったこと。母子(おやこ)はそれまでアパート暮らしをしており、母親は必死で働いていたものの、充分な金を稼ぐのは難しく、とうとう娘の大学進学をあきらめたこと。あの男と母親が、どこでどうやって出会ったのかはわからない。とにかく二年ほど前、母親は男と籍を入れ、娘を連れてあの家に引っ越した。当時、男の仕事は漁師で、何を獲っていたのかは不明だが、けっこうな収入があったことは話の端々から想像できた。母親があの男と再婚したのは、娘の将来を思ってのことだったのだろうか。彼女を大学に行かせるためだったのだろうか。

　ところが去年の暮れ、男が酒に酔って車を運転し、事故を起こした。その事故による怪我で片腕が上手く動かせなくなり、男は漁師をつづけることができなくなった。医療保険には入っていたようだが、飲酒運転での負傷だったので保険金は支払われず、家に金がなくなった。以来、男は何もせずに酒ばかり飲み、母親がパートを掛け持ちして金を稼ぎ、生活費や娘の学費、塾の月謝や家のローンを必死でまかないながら現在にいたっている。

『船を売ったら……ある程度のお金になるんだろうけど』

ある夜、母親が言った。その直後に足音が移動し、カーテンと窓を開ける音がしたので、僕は思わず車の中で身を縮めた。どうやら母親は窓辺に立ち、船を見ているようだった。僕の目の前——堤防沿いに並んだ、小型漁船のどれかを。

『売ってくれなんて、言えないし』

『何で……言えないの？』

『わたしたちがいっしょに暮らす前から持ってたものだから』

『お金がなくなったんだから、売ってくれって言えばいいじゃん』

母親は窓とカーテンを閉め、その場に立ったまま、諭すような声を返した。

『あの人だって、いろいろ大変なのよ』

男に対してばかり抱いていた怒りを、僕はそのとき母親にも抱いた。娘がされたあの行為を、あの事実を、彼女に突きつけてやりたかった。いますぐにでも車から飛び出し、二階の窓に向かって叫んでしまいたかった。しかしそんな勇気があるはずもなく、やがて、高垣沙耶が僕のかわりに口をひらいた。

『車の事故で死んでくれてたら……保険金が出たのに』

『馬鹿なこと言わないで』

『わたし、あの人が入ってる医療保険のこと調べたの。飲酒運転だったから怪我の保険は出なかったけど、もし死んでたら死亡保険はたぶん出てた。いまだって死んでくれたらお金が入る』

『あんた――』

お母さん、と彼女が母親の声を遮った。

『お母さん、あの人――』

声のトーンから、息遣いから、彼女が母親に打ち明けようとしていることがわかった。僕は車の中で、勇気を出して伝えてくれと願った。胸の前で指を組み、握り合った両手がぶるぶる震えるほど強く力を込めた。

『あの人……』

でも、けっきょく彼女は話さなかった。

その夜、眠りにつく前に、彼女はどこかの引き出しを開けた。

どんな部屋にも引き出しというものはいくつかあり、どれも普通は、開けられたあと閉じられる。数秒後か、長くても数十秒後には。しかしその夜、彼女は引き出しを開けたまま、長いこと閉じずにいた。物を取り出す音も、仕舞う音も聴こえてこず、まるで、そこに入っている何かをじっと見下ろしているように。

奇妙なことに、それは翌日以降もつづいた。部屋の明かりを消して眠りにつく前、必ず同じ引き出しが開けられ、長い時間が経ったあと、そっと閉じられる。音の様子と距離感などから、僕はそれを机の引き出しだと想像した。そして、引き出しを開けた彼女の視線の先に、様々なものを思い浮かべた。中学校を卒業したときの寄せ書き。海辺で集めた綺麗な石。昔の家族のアルバム。こんなふうになる前の、自分自身の写真。

週に二度、教室で見る高垣沙耶は、つくりもののように無表情だった。友達に話しかけられても、ぼんやりした顔をそちらに向け、外側ではなく内側を見ているような目で、首をかすかに縦か横に振るくらいしかできなくなっていた。授業が終わり、彼女が教室を出ていったあと、それを受験勉強によるストレスのせいにされているのを、僕は耳にした。でも何も言えなかった。わざとらしく寄生虫の話をしたあのときのように、自分の言葉が高垣沙耶にとって何か取り返しのつかない事態を招いてしまうのが怖かった。彼女と同じ高校に通っている田浦に、学校での様子を訊ねてみようとも思ったが、同様の理由でそれもできなかった。空き家の庭にあふれかえる植物のように、苛立ちと怒りが僕の胸を埋め尽くしていくばかりで――しかし実際には、そんなふうに僕が何もできずにいるうちに、すべては取り返しのつかない事態に向かってゆっくりと進んでいたのだ。

（六）

十二月二週目のその日、夕方から冷たい雨が降っていた。

「クリアマックス」の効果はすっかり薄れ、しかも塾生たちが持ち込んだ湿気が教室にむんむん立ちこめていたので、僕が生物の授業をしているあいだ、窓に映る高垣沙耶の横顔はほとんど判別がつかなかった。正面から本人に目を向けてみても、うつむいた彼女の顔は前髪のあいだに隠れて見えない。

ところが授業の半ば、気づけば彼女が顔を上げていた。

ぽっかりと開いた両目は宙を凝視し、妙に背筋が伸びた上体は、ほんのかすかだが前後左右に揺れているように見えた。その様子はまるで、映画やドラマに出てくる何かに取り憑かれた人みたいで、僕はすぐに視線をそらした。ほかの塾生たちが気づいてしまってはいけないと思ったのだ。そのあとは一度もまともに視線を向けないまま授業を進め、しかし、彼女が同じ姿勢でいるのは、ずっと目の端に映っていた。

授業が終わると、高垣沙耶は誰よりも早く席を立ち、リュックサックを背負って教室を出ていった。駐車場に面した窓の向こうでは、子供を迎えに来た車のヘッドライトがいくつも、曇ったガラスに光を拡散させながら動いていた。今日のような雨の日は、ほぼすべての塾生が親の車で送り迎えしてもらう。僕は窓辺に近づいてガラスを拭い、駐車場の脇にある駐輪場を覗き見た。そこに駐められているのは高垣沙耶の自転車一台きりだ。この冷たい雨の中、彼女は自転車をこぎ、濡れて帰るのだろうか。声をかけ、車で家まで送ってはまずいだろうか。いや、まずいことはない。今日は彼女だけが自転車で来ているのだから、何人かのうち一人だけを特別扱いするわけではない。車で送れば、そのあいだに話をすることができるし、その話の中で、彼女は僕に悩みを打ち明けてくれるかもしれない。僕は急いで窓辺を離れようとしたが

――。

「先生って一人暮らしなんですか？」

背後に田浦が立っていた。

「……どうしてだ？」

「いえ、なんとなく」

言葉とは反対に、田浦は僕の顔をよく見ようというように丸眼鏡を直す。

「家は実家だ。近いし、わざわざ出る必要もないからな。お前、迎えの車が来てるんじゃないか？　早く行ってやれ」

「最近、送り迎えは断ってるんです。今日も家から傘さして延々歩いてきました」

「無理して、大事な時期に風邪ひくなよ」

適当に言いながらその場を離れると、田浦の声だけが追いかけてきた。

「親に迷惑かけたくないですし」

振り返った僕の顔には、たぶん、世にも醜い表情が張りついていた。

子供のころ画用紙に描いた、あの顔のような。ドアごしに響いてくる両親の会話を聞きながら、ひそかに布団で浮かべていた笑みのような。何年も何年も、ずっとドラマのキャラクターに寄生してきた自分自身が、身構える間もなく教室の隅で剝き出しになっていた。僕の正体を目のあたりにした田浦は、ふっと眉を上げ、変わった生き物を見つけたような顔をしてみせた。

（七）

あいつは何なんだ。どうして僕にあんな話をしたんだ。――濡れたにおいのする教室から逃げ去り、建物を出て駐輪場に目をやると、高垣沙耶の自転車はもう消えていた。講師室で帰り支度をするあいだも、正面玄関を飛び出して車に乗り込んだときも、田浦の丸顔が頭を離れず、その顔を背後に引き離すように、僕は漁港に向かって車を飛ばした。あんな気持ちの悪いガキに構っている暇はない。僕にはやることがある。そもそもあいつは本当に何の考えもなく、ただ話しかけてきただけかもしれない。会話の展開など前もって想像せず。テストの論述問題でも、あいつは解答欄に文章を無理やりおさめようとして、最後のほうはいつも字が無茶苦茶に小さくなる。想像力を持っていない証拠だ。

漁港の駐車場に到着し、イヤホンを両耳に突っ込んで受信機の電源を入れる。エンジンを切ると、すぐに湿気でガラスが曇りはじめた。車内が息苦しく感じられ、僕はビニール傘をさして外に出た。イヤホンから聴こえる静寂に、傘を叩く雨音が重なる。高垣沙耶の部屋はまだ暗い。堤防のへりに沿って歩くと、並んだ漁船がずぶ濡れになって揺れていた。ほかの船から少し離れた場所に係留してある、一艘の小型漁船。毎晩この漁港に車を駐めていたので、その船が一度も動かされていないことに僕は気づいていた。ためしに近づいてみると、甲板の金属部分が夜目にもわかるほどひどく錆びている。甲板の真ん中には、目の粗い漁網が投げ出してあり、風で飛ばないようにだろうか、上にいくつか石が置かれていた。網にも石にも、白い斑点が無数に散っていて、どうやらカモメのフンのようだ。

ひょっとしたらこれが、使いもしないのに放置してあるという、あの男の漁船なのだろうか。これを売ったら、いったいいくらになるのだろう。古そうだし、手入れもされていないし、大した額にはならないのではないか。高垣沙耶は帰ってこない。僕がいつもより車を飛ばしてきたせいか、彼女が雨で自転車のスピードを出せないからなのか。彼女の帰宅を待ちながら、いつのまにか僕はまた田浦の顔を思い出していた。舌打ちをしても、頭をぶるぶる振ってみても、いやらしい嗤いを浮かべた丸顔は消え去ってくれず、仕方なく僕は、それを頭から摑み出して目の前に浮かべた。ビニール傘を閉じて逆さまに持ち、プラスチックの柄で思い切り横からぶっ叩いてみると、田浦の顔はやわらかいゴムのように、傘を振り抜いた方向にびよんと伸びるだけで、手応えがない。もう一度ぶっ叩いてみる。もう一度。もう一度。——何度か殴りつけていると、やがてゴムの表面がやぶれて血が噴き出した。それからは、傘を左右に振り抜くたび、ぶしゅう、ぶしゅうとその方向に血が飛んだ。いつしか僕は夢中になり、気がつけば田浦の顔面はもとのかたちがわからないほど崩れ果て、イヤホンからは小さく物音が響いていた。

急いで振り返ると、高垣沙耶の部屋に明かりがついている。

素早く車へ戻り、運転席に飛び込んだ。雨音が遮断された直後、洋服ダンスの戸を開けるような音が聴こえてきた。乱れた呼吸をなんとか抑え、耳をすます。ひたいの脇を生ぬるい水滴が流れ落ちていく。雨の中を自転車で帰ってきた彼女は、僕と同じようにずぶ濡れのはずだ。乾いた服に着替えているところなのかもしれない。そう思って瞼(まぶた)を閉じると、僕はもうベッドの陰にいて、天井の電灯に白く照らされた半裸の彼女を見つめていた。動脈血とともに熱いものが全身を駆けめぐり――しかし数秒後、その血は音を立てていっせいに引いていった。

　目の前に立つ彼女が、まるで僕の存在に気づいたかのように、はっと身を硬くしたのだ。しかし、彼女をそうさせたのはもちろん僕ではない。

　明らかにあの男のものとわかる、重たい足音。瀕死(ひんし)の人間のように、不規則に床を鳴らしながら、ドアのほうへ近づいてくる。高垣沙耶が素早く動き、さっと布が鳴った。両足がでたらめに床をこする。ドアごしの足音は近づいてくる。その不規則な足取りの理由は、ドアが大きな音を立ててひらかれたときにわかった。

『ぬれえんなあうろあいれ』

　まったく意味が摑めなかった。まともに喋れないほど、男は酩酊していたのだ。高垣沙耶は悲鳴まじりの息を吐き、飛びすさるように僕のほうへ動き、足がベッドに強くぶつかった。

『入らないで！』

　追い詰められた動物のように叫ぶ。しかし男はあああああと意味不明な声を洩らすばかりで、出ていこうとしない。直後、まるで床が急な下り坂にでもなったように、男の両足が迫ってきた。高垣沙耶の必死な息遣い。布と布が乱暴にこすれ合う音。身体と身体がもつれ合い、彼女の咽喉から悲鳴が発せられ、猛獣のような男の唸り声がそれを掻き消す。僕の全身は怒りで震え、呼吸がどんどん速まり、血が沸騰して脳天まで迫り上がった。気づけば僕はベッドの陰から飛び出し、手にしたビニール傘で男の顔面を力いっぱい殴打していた。しかし手応えはなく、傘の柄を何度叩きつけてみても、それは同じだった。田浦の顔はあんなにぐちゃぐちゃになったのに。血まみれになってくれたのに。僕はとうとう傘を持ち直し、その先端を男の片目に突き刺した。男はうっと低い呻きを上げて床に転がった。

ようやく身体を離した二人の、荒い息遣いだけが聴こえていた。

彼女の足が、床をこすりながら遠ざかっていく。

『今度さわったら、殺すって言いましたよね』

引き出しが鳴る。

彼女がその引き出しを開けるのを、僕はこれまで毎晩のように聴いてきた。しかし、そこから何かを取り出す音を耳にしたのは初めてだった。

『人殺しは……警察に捕まって人生台無しだ』

『もう台無しになってるんです』

彼女が戻ってくる。

『だから、取り戻したいんです』

『お前……何やってんだ』

男の声にははっきりと怯えが感じられた。

『まともな人生に戻すの……手伝ってください』

激しいノイズが左右の鼓膜を突き刺す。

『手伝ってください』

直後、顎を限界までひらききったような男の叫び声が響いた。しかしそれは一瞬で断ち切られ、そのあと耳に届いたのは、肉体が立てつづけに発する鈍い音と、そのたび咽喉から飛び出す短い呻きばかりだった。肉体は音を発しつづけ、男は呻きつづけ、しかし呻き声のほうはだんだんと小さくなっていき、やがてまったく聴こえなくなった。そのあと数回、肉体だけが無意味に音を発した。それも消えたあと、イヤホンからはただ静寂だけが響き、僕はその静寂を聴きながら両手で顔を覆い、全身の関節がネジ止めされたように、少しも動けなかった。そうしながら、あらゆることを後悔していた。彼女にＵＳＢアダプタを渡したことも、この場所で毎晩のように聴き耳を立てていたことも、高垣沙耶を助けられなかったことも、就職活動を上手くできなかったことも、塾講師になったことも、子供の頃から勉強ばかりしていたことも。

（八）

男の死体は、それから二週間後、年の瀬になって発見された。

早朝、この漁港から一キロほど離れた海岸に流れ着いていたのだという。

ネット記事によると、身元はほどなくＤＮＡ鑑定によって判明し、高垣沙耶の母親が十日ほど前に捜索願を出していた、彼女の夫だということが確認された。

死体を発見したのは、ボランティアでゴミ拾いをしていた父親と息子だった。その息子は高校生で、彼が通っていた学校の同じクラスに、たまたま僕の授業を受けている女子がいた。彼女は級友から聞いた死体の話を塾に持ち込み、まるで自分自身が見てきたかのように喋ったので、僕も詳細を知ることができた。彼女によると、死体は水中で服が脱げたのか、素っ裸の状態で、身体のあちこちから骨が覗き、胴体にはシャコやエビがたくさん詰まっていたらしい。

「おたく、今日はルアー？」

「メバルが来てるからね。そっちは戻りガレイ狙いでしょ」

「そう、イソメたっぷりつけて投げてみようかと思って」

「このへん水深かなりあるから、わりと近場に投げても釣れるかもしれないね」

堤防でしゃがみ込む僕の背後を、中年男性たちが通り過ぎていく。会話はだんだん遠ざかり、ちょうど聞こえなくなったあたりで二人は足を止めた。それぞれ折りたたみチェアを広げて置き、うきうきした様子で釣りの準備をしはじめる。今日は日曜日だから、仕事は休みなのだろうか。普段は何をやっている人たちなのだろう。いずれにしても、僕と違って、どこかできちんと働いているに違いない。

三月も下旬に入り、海風はずいぶんやわらかくなっていた。目の前では昼の太陽が海面を白く輝かせ、左手を見ると、並んだ小型漁船が眠るように浮いている。そこから視線を上げれば、いまは誰も住んでいない高垣沙耶の家がある。

あれからほどなく塾生たちは受験本番に突入し、二月に入って相次いで行われた合格発表では、みんな悪くない結果を出した。田浦も隣県にある第一志望の大学に合格し、この地方で最難関と言われるその大学を受けたのも、受かったのも、僕が教えてきた塾生たちの中では彼一人だけだ。

高垣沙耶はあの夜を境に一度も塾へ来ることはなく、しばらく経った頃、本人から退会の連絡があったと塾長に聞かされた。同じ高校に通っていた田浦に、高垣沙耶のことをそれとなく訊ねてみたけれど、彼女は学校にも来ていないとのことだった。

僕は高垣沙耶の様子が知りたくて、塾生たちの合否が出そろった二月末の夕暮れ、彼女の家の前を一度だけ車で通った。すると、表札もカーテンも取り外され、一見して空き家になっていることがわかった。家の脇から漁港に目をやると、かつてあの男が乗っていた小型漁船も、売却されたのか、もう見当たらなかった。

高垣沙耶がどこでどう暮らしているのかは、いまも知らない。

本人から僕に連絡はなかったし、きっと今後も、どんな連絡も来ないだろう。

「こんにちは」

聞き憶えのある声に振り返ると、見憶えのない人間が立っていた。――いや。

「なんだ、田浦か」

「コンタクトにしたんです」

「刈り上げも伸ばしたんだな」

こくりと頷き、彼は僕の隣にしゃがみ込む。

「もうすぐ入学だし、いろいろ変えようと思って。先生は相変わらずな感じですか？」

僕は首を横に振った。

「塾、辞めたんだ」

「へえ。いつです？」

「みんなの合否を聞いた、すぐあと。あそこ、正規で採用してくれそうにないし、いつまでもバイト講師をつづけてるのもあれだし、ちゃんとした仕事探そうと思って」

「ですよね」

相変わらず嫌な受け答えをする奴だが、どうしてか、もう腹は立たなかった。

「そういえば、高垣さんも志望大学に受かりましたよ」

突然、その名前が飛び出した。

「……そうなのか？」

「学校には最後まで来なかったけど、担任に連絡があったらしくて」

その担任が、彼女の大学進学のことを教室で話したのだという。

「じゃあ、塾をやめてからも、勉強はちゃんとつづけてたんだな」

「そういえば高垣さん、どうして塾をやめたか知ってます？」

曖昧に首を振ると、田浦は眼鏡のない丸顔をこちらに向けた。

「僕、なんとなく知ってるんですけど……彼女の家、前にお父さんが交通事故で仕事ができなくなっちゃって、そのあとお金がなくて大変だったみたいです。助けてくれる親戚とかもいなかったみたいだし。だから、塾をやめたのも、月謝を払うのが難しくなったからじゃないかなって」

「さあ……どうなんだろうな」

「ほら塾の女子グループが、誰かの誕生日にみんなでお金出し合ってプレゼント贈るっていう気持ちの悪いことしてたじゃないですか。僕、彼女の家の事情を知ってたから、そのグループの子たちにこっそりそれを伝えたりもしたんです。高垣さん、お金がなくて大変なんだよって。それ以来みんな、プレゼント代を集めるときに嘘の金額を言って、彼女からは少なくもらうようにしてくれたみたいだから、少しは役に立てたのかもしれないけど」

そんな配慮をもし本人が知ったら、どれだけ恥ずかしい思いをしていただろう。

「僕じつは、けっこう前から、高垣さんはいくら受験勉強を頑張っても大学へは行けないんじゃないかって思ってたんです。だって、お金のことがあるし。だから彼女が大学に行くって担任から聞いたとき、どうやってお金を工面したんだろうって不思議でした」

僕は相手が言葉をつづけるのを待った。

ずいぶん長いことかかり、そのあいだに先ほどの中年男性の一人が、何か細長い魚を釣り上げた。

「それで思ったんですけど、高垣さんのお父さん、生命保険か何かに入ってたんじゃないですかね。で、そのお父さんが死んだから、彼女は大学に行けるようになった。偶然なのかどうか知らないけど」

最後の言葉の意味を、しばらく考えた。

「偶然じゃなきゃ……何だってんだ」

「たとえば彼女がお父さんを殺しちゃったとか」

いかにも冗談じみた口調で田浦は言い、同じ口調のまま言葉を継ぐ。

「あの家、再婚なんですよ。お父さんが、ほんとのお父さんじゃなかったんです。ほらニュースとか見てると、そういう家って、虐待とかいろいろあるじゃないですか。だから高垣さんのとこも、あったんじゃないかなって。彼女が父親の存在に耐えきれなくなるようなことが。なんかずっと、様子が変だったし。それで彼女は父親を殺して海に流した。嫌な人間がいなくなったし、大学へ行くためのコレも手に入った」

田浦は指で輪っかをつくってみせる。

「そんなこと、想像で言うもんじゃないだろ」

「ところが、まったくの想像ってわけでもなくて——」

そう言いながら田浦が指さしたのは、並んだ小型漁船の先だった。

「あっちの離れた場所に、一艘だけ漁船が浮かんでたの知ってます？　あれって高垣さんのお父さんが乗ってた船なんですよ。僕、家がわりと近いから知ってるんですけど、前はあの船の甲板に網が置いてあったんです。石で重しをして。でもそれがいつのまにかなくなってたんですよね。十二月の後半くらいかな、高垣さんのお父さんが死体で見つかる少し前に、ちらっと見たら」

「……で？」

「で、考えたんです」

田浦はくるりと僕に顔を向ける。

「たとえば人を殺して、その死体を網でくるんで、重りといっしょに船の下に沈めておくとするじゃないですか。一週間とか二週間とかそのままにしておけば、死体は水の中で腐るし、腐肉を食べるエビとかシャコも集まってくる。そのおかげで、もし身体に傷が残るような殺し方をしたとしても、その証拠が消えてくれる。証拠が消えた頃を見計らって、死体を網ごとゴムボートか何かで引っ張って、適当な場所で網から外して海に流す。満ち潮のときなら、上手いこと海岸に打ち上がってくれますよね。そのあと死体が見つかってくれれば、水難事故ってことになって、生命保険が下りる」

得意気に喋りつづける田浦の唇を、僕は終始無言で見つめていた。

「ただ、それだと高垣さんのお母さんも怪しくなってくるんですよね。だって、そんなの彼女一人じゃ体力的に無理だろうから。親子の共犯……いや、むしろ殺したのはお母さんで、彼女がそれを手伝ったたって考え方もできるかな……」

頬をさすって考え込む田浦に、僕はひどく陳腐な言葉を返した。

「お前、小説家でも目指したらどうだ？」

僕の言葉に田浦は、これまで見たことのない、ひどく素直な照れ笑いを浮かべてみせた。

「小説は好きで、いつか書いてみたいと思ったこともあるんですけど、僕はもっと現実的に生きていきます。大学卒業して、できるだけ大きな会社に入って、そこで出世して」

「悪くないと思うよ」

「うち、兄が引きこもりなんです」

田浦の顔が、ふと歪む。

しかしその顔は素早く海のほうへ向けられ、すぐに表情がわからなくなった。

「もう二十五か六なんですけど、仕事しないでずっと部屋にいて、親から小遣いまでもらって。だから、僕がしっかりしないといけないんです」

そうか、とだけ僕は答えた。

田浦はしばらく隣でしゃがみ込んでいたが、やがて立ち上がり、小さく頭を下げて歩き去った。僕は軽く片手を上げ、田浦の後ろ姿をしばらく見送ってから、また海に向き直った。昼の陽に輝く海面を見つめながら、頭の中に浮かんでくるのは、子供時代に見たハリガネムシの姿だった。

あの生物は昆虫に寄生し、やがて相手の体内で特殊な化学物質を出す。その化学物質により昆虫は行動をコントロールされ、自分の意思とは無関係に、水のあるほうへ向かって歩いていく。水に入り込んだ昆虫は溺れ死に、その死体からハリガネムシは這い出し、水中で自由を得て生きていく。

「あっちのほう。あそこの、船が並んだ向こう」

さっきの釣り人たちが、僕の背後を移動していく。

「師走（しわす）んときだったかな、シャコがやけによく釣れてさ。ハゼ釣ろうと思ってたのに、シャコばっか」

「食った？」

「家族で腹いっぱい。美味かったよ」

僕はポケットからＵＳＢアダプタを取り出して海に捨てた。そうしながら、ハリガネムシはいったい誰だったのだろうと、無意味なことを考えた。アダプタは細かい泡を吐き出して沈んでいき、すぐに見えなくなった。

https://www.youtube.com/
watch?v=isvGgvBf2Fg

最終話

死者の耳

https://www.youtube.com/
watch?v=NZABuTdM1AU

（一）

「このあとのことは、何もわからなくて……」

四分間ほどの音声を再生し終えた桂木美歩は、ＩＣレコーダーに添えていた両手をゆっくりと引き、膝の上で握り合わせた。黒いセーターを着ているせいで血色のなさが際立ち、瀕死の白い生き物が二匹、震えながら絡まり合っているように見えた。

「音声の最後のほうで、警察に連絡をしたあとまた自分に電話してくれと言ってましたけど、彼女からその電話というのは？」

わたしの質問に、彼女は首を横に振る。

「ありませんでした。ずっと待ってたんですけど、電話もメッセージも来なくて、それで、どうしても心配で……」

「ここに来てみたんですね？」

「はい。そしたら警察の人がいて……」

語尾を結ばない口調をつづけながら、桂木美歩は臆病そうに目を伏せる。刑事からの事情聴取など大抵の人にとっては初めての経験なので、どうしてもこうした態度になってしまうものだが、彼女の場合はどこか、普段からこうなのではないかと思わせるものがあった。年齢はわたしよりも四歳若い三十六。メイクはしておらず、眉も描いていない。黒い癖毛のロングで、こめかみあたりに白髪が数本。白髪はどれも一センチ弱と短いものだから、たぶん染めはせず、毛抜きで処理しているのだろう。

わたしたちがいるのはタワーマンションの一室だった。玄関近くにある応接室のような部屋で、ローテーブルを挟んで向かい合っている。奥のリビングでは鑑識官たちが臨場の真っ最中で、符丁を使ってやりとりする声が廊下ごしに響いていた。

「先ほどの音声だと、瀧沢怜那さんは玄関から廊下を抜けて、奥のリビングに入ったところでご主人の遺体を見つけたということになりますね」

まだ身元確認が済んだわけではないが、リビングの床で死んでいるのは、この部屋の主である瀧沢鐘一と思われた。発見したのは年の離れた妻、瀧沢怜那。ここにいる桂木美歩とは高校時代からの友人だという。

「そうだと思うんですけど……」

桂木美歩の目が、廊下に面した壁に向けられる。数時間前に友人がとった行動を追うように、その目はゆっくりと家の奥へと動いていく。しかし視線がリビングのあたりに行き着いたところで、彼女は冷気でもあびせられたように急いで顔を背けた。

「そのＩＣレコーダーは、いつもお仕事で使っているんですか？」

「はい、インタビューのときなんかに。でもあまり対面のインタビューは得意じゃないので、そんなにしょっちゅうは……」

彼女はフリーライターで、雑誌やインターネットに記事を書いているという。具体的な仕事内容などは聞いていないが、それよりも先に確認したい点が山ほどあった。

「美歩さん、一つお訊ねしますが――」

先ほどの会話は、そもそも何のために録音されたものなのか。それを訊こうとしたところで、新米刑事の手塚(てづか)がドアを開けて鼻眼鏡の顔を覗かせた。

「あの、リビングの鑑識作業が一段落したそうです」

報告や質問をするとき、いちいち「あの」ではじめるなと、何度言っても直らない。しかも「あの」と言ってしまったことに本人もすぐに気づき、いつも慌てて口を押さえるものだから、ダブルで苛々させられる。

「すぐ行く。――美歩さん、すみません、ここで少しお待ちいただいてよろしいですか？」

立ち上がって白手袋をはめ、手塚の脇を過ぎて廊下へ出た。そのとき彼の目が、室内の壁に真っ直ぐ向けられていることに気がついた。

「芸術鑑賞してる暇とかないからね」

「は、あはい」

「さっきあなた言ってたけど、そんなに有名な人なの？」

応接室の壁には、額に入った油絵が何枚も飾られている。手塚によると、これらはすべて瀧沢鐘才という画家が描いたものだという。

「有名です。日本だけじゃなく、世界で」

手塚は芸術大学を出たあと警察学校に入り直して警察官になったという少々珍しい経歴を持っており、そのあたりのことに詳しい。彼によると、瀧沢鐘才という画家は二十四年前に肺の病気で他界し、その一人息子が、奥のリビングで死んでいる瀧沢鐘一だった。瀧沢鐘一はかつて高校で美術を教えながら父親と同じ油絵画家を目指していたが、夢は叶わず、父親が死んだ後はその作品の流通や著作権管理を生業としていたらしい。つまり、港区のタワーマンション最上階にあるこの部屋も、ひと目で高級とわかる家具類も、父親が生涯をかけて取り組んだ仕事から得たものというわけだ。もちろん他人がどこから金を得ていようが知ったことではないが。

「手塚くんもリビングに来て」

「はい、でもそっち玄関――」

「わかってる」

まずは玄関に向かい、遺体の第一発見者である瀧沢怜那になったつもりで、あらためて家の奥へと進む。廊下には応接室のほかに、バス、トイレ、瀧沢鐘一のものと思われる書斎。寝室は二つあり、夫婦は別々に寝ていたようだ。廊下を抜けると、右手にアイランドキッチン、左手にダイニング。正面には広々としたリビングがあり、四角いローテーブルの手前に男性の遺体が横たわっている。痩せ形で、六十六歳という年齢にしては身長が高い。百七十センチ後半くらいだろうか。体勢は仰臥位で、頭が向いているのは部屋の奥。その頭には半透明のビニール袋。おそらく四十五リットルのゴミ袋だろう。首のまわりをガムテープで固定してあり、首元からは黒い樹脂製のチューブが飛び出している。チューブの先端は小型のガスボンベに繋がっており、先ほど確認したところ「液化炭酸ガス」と書かれていたので、一見して二酸化炭素による自殺だと思われた。

「この方法は、死ぬまでにどのくらいかかるものなんですか？」

ベテランの鑑識官、シロさんに訊く。

「さあ……ガムテープでゴミ袋を固定してはあるが、首とのあいだにけっこうな隙間があいとるからな。ボンベのバルブをひらいたあと、袋の中の二酸化炭素濃度がどんな具合で上がっていったかがわからん。チューブから放出された二酸化炭素が、場合によっては袋の内側をぐるりと回って、首の隙間からそのまま出ていくこともあり得る。とにかく気体というやつは扱いがやっかいだ」

シロさんこと代田はまだ五十代だが、髪が見事に真っ白で、しかもひどく時代がかった話し方をするので、知らない人はたいがい老人だと思い込む。

「吸い込む空気の十パーセントほどが二酸化炭素になれば、それこそ数分で意識を失うし、そのまま放置すれば死に至るが……この状態だと、死ぬまでに十数分か、数十分か。とにかく、二酸化炭素の流れ方で、ずいぶん変わってくる」

「あまり苦しまないと聞いていますが、実際はどうなんでしょう？」

保健所による犬や猫の殺処分にも、二酸化炭素が使われるという。

「そいつも二酸化炭素の流れかた次第だ。早く袋を満たせば、早く意識を失う。ゆっくりなら、それだけ長く苦しむ。そこんところを、ホトケさんも予想してたんだろうな。それと、それを見るかぎりでは」

シロさんが指さしたのは二ヵ所——ローテーブルの上と、遺体の両腕だった。

まず木製のローテーブルに置かれているのは、薄茶色の液体がごく少量入ったトールグラス。「ＧＬＥＮＭＯＲＡＮＧＩＥ」と書かれたウィスキーボトル。そして白い錠剤のシート。シートに印字されている薬名は「サイレース２㎎」。これはメジャーな睡眠薬で、強力な催眠作用のほかに筋弛緩(きんしかん)作用もある。シートに並んだ十錠のうち、なくなっているのは五錠。それをぜんぶ服(の)んだのかどうかはわからないが、仮に一錠であっても、ウィスキーといっしょに摂取すればたちまち身体の自由は利かなくなっていたことだろう。サイレースは無味無臭なうえ、アルコールとともに服用すると短時間で強烈に作用するため、いわゆるレイプドラッグとして犯罪に使われることもしばしばある。そのため製薬会社が錠剤の内部を着色し、液体に溶かすと、その液体が青く変色するよう近年では改良されていた。ローテーブルに置かれたサイレース錠もそのタイプなので、瀧沢鐘一が自分で錠剤を服んだと見てまず間違いないだろう。たとえば誰かがウィスキーに混ぜておいたとしても、液体の色を見れば即座に露見してしまう。

つぎに遺体の両腕。これはなかなか奇妙だった。二本とも頭の上へ伸ばされ、左右の手首が交差した状態になっている。その交差した手首と頭とのあいだにあるのは、ローテーブルの四角い脚。つまり、木材ごしに両手首を縛られているような格好なのだ。しかし手首を縛っている紐はなく、両腕をその状態にしているのは、シャツの袖ボタンだった。右袖のボタンを左袖のボタンホールに、左袖のボタンを右袖のボタンホールに入れるかたちで、手首同士が離れないようになっている。最初にこの部屋へ足を踏み入れたとき、遺体がとっていたこの不可解な体勢から、他殺の可能性も疑ったが、いまは納得ができた。

「つまり、二酸化炭素が袋を満たすまで時間がかかってしまう場合を考えて、あらかじめ睡眠薬を服んでおいた。薬で眠っているあいだ、苦しさから無意識にビニール袋を破いてしまわないように、両腕を自分で固定した？」

「実際に何が起きたのかを考えるのは、お前さんたちの仕事だ。指紋やなんかは、みんなきっちり採っておいたからな。そのデータを見て、あとでじっくり判断してくれ。――ところで顔のビニール袋は、もう外してもいいか？」

「お願いします」

シロさんはハサミを使い、遺体の首に巻かれたガムテープと、頭部を包むビニール袋を慎重に切断した。中から出てきたのは、グレーの髪を少々長めに伸ばした、どちらかというと小綺麗な印象を与える男性の顔だった。ビニール袋を確認すると、鼻口にふれていた部分に水滴の付着がある。まだ生きているうちに袋をかぶった証拠だ。

「瀧沢鐘一さん本人で間違いないですね」

手塚が遺体の顔を覗き込んで言い、手に持ったスマートフォンをわたしに向ける。ディスプレイには、ブラウザで検索したらしい瀧沢鐘一の顔写真が表示されていた。たしかに同じ顔だ。いや、もっといえば、驚くほど同じ顔だった。遺体というものは、ある程度の時間が経つと一様に顔面の筋肉が弛緩し、完璧な無表情となる。苦しみながら死んでも、楽に死んでも。人間、生きているうちは完璧な無表情になることはあまりないので、生前の写真と死後の顔はかなり違って見えるものだが、瀧沢鐘一の場合は、目をひらいているか閉じているかの違いくらいしかない。だからといって目の前にある遺体の顔が、いまも生きているように見えるというわけではなく、むしろその逆で、瀧沢鐘一という人がずっと前から死んでいたかのような印象を受けた。

「あの、床に絵筆が落ちてるのは何でですかね?」

手塚がローテーブルの下を覗く。

クロスされた手首の少し先、ちょうど指先が届きそうで届かないくらいの位置に、一本の絵筆が落ちている。穂先が平らになったタイプで、かなり使い込んであるようだが、新しい絵の具はついていない。これは、瀧沢鐘一が死ぬ前からここに落ちていたのだろうか。しかし、モデルルームのように片付いた室内だったので、そう考えるには違和感があった。すると、死ぬ前に自分で置いた可能性があるが、理由はわからない。

「手塚くん、そこに立ってみて」

わたしはいったん遺体から離れ、フローリングの床に尻をつけた。

「どこです？」

「そのへん。どこでもいい」

手塚は数歩移動してきをつけをした。スーツのサイズが大きく、肩がぶかぶかしている。店で試着をしないのだろうかと訝り（いぶか）ながら、わたしは白手袋を外してジャケットを脱いだ。

「足、もうちょっとひらいて」

「こうですか？」

瀧沢鐘一の行動を、身振りをまじえてトレースしてみる。まず睡眠薬をウィスキーで服み下し、ビニール袋を頭からかぶる。袋は半透明で、ものはよく見えなかったはずなので、わたしは半目になってわざと視界をぼやけさせた。この状態で、ガスボンベから延びたチューブを首の脇に差し入れたり、ガムテープを首のまわりに巻くことはできるだろうか。たぶん、それほど苦もなくできる。ガスボンベのバルブをひらくのも難しくはなさそうだ。では、両腕をあのようなかたちに固定するのはどうだろう。

「……わっ」

仰向けに寝そべって手塚の足に両腕を回すと、彼は声を上げて驚いた。しかしすぐに自分がローテーブルの脚であることを理解したらしく、じっとその場で身を硬くする。わたしは半目の状態を維持しつつ、手塚の足ごしにブラウスの袖ボタンを外した。顔を天井に向けたまま、そのボタンを手探りで留め直す。右の袖ボタンを左のボタンホールに、左の袖ボタンを右のボタンホールに。

「……どうです？」

「意外と難しくない」

わたしはとりわけ器用なほうではないが、漠然と予想していたよりも簡単にできた。しかも瀧沢鐘一が身につけている青いシャツは、わたしがいま着ているようなスーツ用のブラウスよりも、もう少しサイズにゆとりがある。もっと簡単にできたかもしれない。

「あの、美浜さん。炭酸ガスのボンベ、あれじゃないですか？」

手塚がキッチンを指さした。寝転がったまま首を回すと、綺麗に片付いたカウンターの隅に、黒い、コーヒーメーカーのようなものが置かれている。

「あれ、炭酸水をつくるやつですよ。僕の実家でも、まったく同じじゃないんですけど、似たやつを使ってて」

起き上がって近づいてみると、たしかに炭酸水メーカーのようだ。個人的に使ったことはないが、ネット広告で見たことがある。

「これどうやって使うの？」

「うちの実家のやつは、専用のペットボトルに水とかジュースを入れて、それをセットしてボタンを押すだけです。妹なんかは炭酸水たくさんつくって、顔を洗うのに使ってるとか言ってました。たぶんこれも同じようなタイプじゃないですかね」

白手袋をはめ直し、機械の裏側にあるパネルを開けてみた。先ほど見たのと同じガスボンベが入っている。ということは、瀧沢鐘一はこの機械からボンベを取り出したのではなく、ストックしてあるものを使ったのだろう。そのストックは、ベランダに置かれた倉庫の中で、段ボール箱に何本か入っているのが確認されていた。

「ボンベは機械にセットしないとガスが出ない仕様になってるんですけど、バルブアダプターをつければどこでも噴射できます」

「さっきのボンベについてたやつ？」

「はい。妹はサイクリングをやっていて、出先でタイヤがしぼんだときのために、携帯用の空気入れとしてボンベとアダプターを持っていくこともあるそうで」

飲料、美容、空気入れ、自殺。炭酸ガスの使い方はいろいろあるようだ。

「シロさん、ベランダのほうは？」

「必要な場所は指紋を採ったし、手すりの傷なんかも調べたが……はっきり言えば、よくわからんな」

開け放たれた掃き出し窓の向こうでは、数人の鑑識官が投光器の光を頼りに作業をつづけている。彼らが吐く息の白さが、ここからでもわかった。東京に十二センチの大雪を降らせた雪雲は、今日の昼までにすっかり遠のき、いまは夜空に冬の星がまたたいている。すっかり麻痺していた都内の交通も大方は回復し、首都高のヘッドライトがスムーズに流れているのが見えた。

「美歩さんから話のつづきを聞きましょう」

手塚と二人で応接室に戻ると、桂木美歩は先ほどから指一本も動かしていないかのように、わたしが出ていったときとまったく同じ体勢でそこにいた。待たせたことを謝ってから、わたしは手塚と並んで彼女の向かい側に腰かけた。

「ご気分はどうですか？」

「少しだけ落ち着きました」

ロングスカートの膝に置かれた両手を見ると、さっきまでの震えはおさまっている。

「ご友人の瀧沢怜那さんについて、いくつかお訊ねしたいのですが――」

桂木美歩は目を上げたが、わたしの胸もとあたりまでだった。この部屋で向き合ってから、彼女の視線は常に水平よりも下を彷徨（さまよ）っている。

「まず、彼女がベランダから飛び降りた理由について、何かお考えはありますでしょうか？」

今日、このマンションで見つかったのは、瀧沢鐘一の遺体だけではなかった。

女性の飛び降りがあったと一一〇番通報を受けたのは、いまから四時間ほど前の午後四時二十一分。すぐさま制服警官が駆けつけて現場を保存し、わたしと手塚が現着したのはその数分後だ。

マンションの裏手に植えられたクスノキの下に、遺体は倒れていた。重なりあった枝に全身をなぶられ、最後に直径十センチほどの枝をへし折ったあと地面に叩きつけられたらしく、彼女は踊るように身体をねじった状態で虚空を見上げていた。クスノキの下だけはぽっかりと雪がなく、まるでスポットライトでも当たっているように土が広がり、さらに周囲の雪には足跡の一つもなかったので、遺体は突然そこに出現したかのように見えた。落下の衝撃でへし折られた枝は、ほとんど皮一枚でつながって、彼女の身体を抱え込むように下を向いていた。

遺体は外出着を身につけていたが、バッグも財布も持っておらず、すぐには身元の特定ができなかった。痩せて小柄。三十代半ばくらいで、髪はボブカット。着ているダウンジャケットのタグには誰でも知っている高級メーカーのロゴ。ジーンズの後ろポケットにスマートフォンが入っていたが、本体が砕けて基板が露出し、電源は入らなかった。

クスノキの上にはベランダが縦に並び、彼女はそのうちのどれかから落下したと思われた。遺体の損傷具合から高層階の可能性が高かったので、わたしは手塚と手分けして、該当する部屋を最上階から順番に訪ねていった。平日だったため、五部屋以外は見事に留守で、またその五部屋も、はい何でしょうと言って中から人が出てきたのだから何の参考にもならない。マンションのコンシェルジュに遺体の顔を確認してもらおうとしたが、たとえ見たところで住人の名前も部屋番号もわからないと断られた。もしかしたら彼女は単に、死んだ人間の顔を目にするのが嫌で断ったのかもしれないが、実際このマンションには七百戸以上の部屋がある。住人それぞれの名前や部屋番号など、たしかに憶えてはいまい。

遺体は写真撮影されたあと警察署に運ばれた。そのあいだもわたしたちは彼女の身元を特定するため、遺体の顔写真をおさめたスマートフォンを手に、上層階の各戸を訪ね回った。いつまで経っても収穫はなかったが、日が暮れてしばらくすると、遺体発見現場でブルーシートを片付けていた鑑識官から連絡が入った。一人の女性が現れ、何があったのかと訊ねられたので、墜落死のことを伝えたところ、ひどく取り乱しはじめたのだという。わたしと手塚がそこへ向かうと、女性は植え込みの手前で雪に膝を埋めて泣いており、それがいま目の前にいる桂木美歩だ。

彼女がある程度落ち着くまで、十分ほどかかっただろうか。スマートフォンに保存した遺体の顔写真を見てもらったところ、瀧沢怜那という氏名や、居住していた部屋の番号を教えてくれた。彼女といっしょにこの三五〇五号室へ来たのが四十分ほど前のこと。室内に瀧沢鐘一の自殺死体があることは、部屋に入る前に美歩から伝えられていた。

「怜那が死んだのは、わたしのせいです」

ようやく美歩が声を返す。

「さっき録音をお聞かせしましたけど、あの電話の最後で、わたしは怜那を責めました。瀧沢さんが自殺したのはあなたのせいだって言って、責めて……」

——怜那、あなたのせいだよ。

——あなたのせいで瀧沢さん死んだんだよ。あなたがイイダさんと——。

桂木美歩の声はそこで途切れていたが、言葉のつづきはなんとなく想像できた。不倫。浮気。そうした単語が、彼女の口から出ようとしていたのではないか。しかしそのあたりを詳しく聞く前に、わたしは先ほど訊ねようとしていたことを、あらためて質問した。

「あの音声は、そもそもどういう経緯で録音されたものなのでしょうか？　会話のはじめに、ちゃんと録れているかどうかをお二人で確認し合ってますよね。つまり事前に打ち合わせてあったんですか？」

　怜那から頼まれたのだという。

「瀧沢さんから、いわゆるＤＶを受けていることを、ずっと相談されてました。二ヵ月くらい前からだったと思います。それで、その証拠を録りたいから手伝ってほしいって頼まれて……自分でやると、もしばれたら瀧沢さんにレコーダーを取り上げられて、録音を消されちゃうかもしれないからって……」

「離れた場所で別の人が録音していれば、その心配がないと」

「はい」

「いまおっしゃったＤＶに関してですが、具体的にはどういった？」

　訊くと、美歩はハンドバッグから黒い樹脂製カバーのついたスマートフォンを取り出した。

「ここに書いてあるようなことなんですけど……」

　彼女が見せたのは、日本で最もメジャーなメッセージアプリの画面だ。右側が美歩のメッセージ。左側には「れな」とあり、アイコンは小さくて見にくいが、イルカとキスをしている瀧沢怜那のようだ。どこかの観光地で撮ったのだろうか、背景には真っ青な海が広がっている。画面をスクロールさせて手早く会話(やりとり)を読んでいくと、瀧沢怜那からのメッセージにはこんな言葉が並んでいた。

《生きる価値ないって言われた》《お腹けられた》《とうとう「死ね」が出たんだけど》《つくった晩ごはん捨てられて、私のも捨てられたから食べるもんない》《髪の毛つかまれて引きず

られて髪むっちゃ抜けた》《ひざでやられてさっきから鼻血とまんない》《一人でいるとき暖房つけるの禁止されて凍死しそう》

どうやら彼女は夫からDVを受けるたび、その内容を美歩に送っていたようだ。ほとんどのメッセージは短いものだったが、それに対し美歩は毎回かなりの言葉を費やして返信している。相手を真剣に気遣っているのがわかり、ときにはレシートのように長い文章を返していた。

「怜那には、どこかの窓口に相談したほうがいいって言ったんです。わたしもいっしょに行くからって。あんまり詳しくは知らないんですけど、役所とかに、そういうのを聞いてくれる専門の人がいるじゃないですか。でも、それは勇気が出ないって言われて、だからわたし、こんなふうにただメッセージを返すことしかできなくて……」

ところがつい一週間ほど前に、怜那から電話が来た。

「やっと決心がついて、専門のところに相談することにしたって言ってました。でもネットで調べたら、暴力の証拠があったほうがいいって書いてあったみたいで、それで……」

「あなたに録音を頼んだ？」

美歩が小さく頷くのを見てから、わたしは最後のメッセージを読んだ。

《こないだの録音のこと、今日頼んでいい？》

《わかった》

《家入る前に電話するから》

最後のメッセージが受信されたのは今日の午後三時五十二分。瀧沢怜那の墜落死体が発見され、一一〇番通報が来る二十九分前のことだ。

「このあと、実際に怜那さんから電話が来たんですね？」

わたしはスマートフォンを美歩に返した。

「はい。それで、家で電話をスピーカーにして、いつも仕事で使ってるこのレコーダーで、こうやって……」

彼女はスマートフォンをローテーブルに置き、右手に持ったＩＣレコーダーをそこに向ける。わたしの隣で、手塚は先ほどから彼女の証言をメモしていたが、ここでボールペンの音が少し変わった。ちらりと覗き込んでみると、美歩がＩＣレコーダーで会話を録音したときの様子を絵にしている。ごく単純な線画だったが、見たものをこれだけ素早く絵にできるのは大したものだ。捜査に必要かどうかは別として。

「会話の中であなたがおっしゃった、イイダさんという人のことも、もう少し詳しくお聞かせいただけないでしょうか？」

「四谷（よつや）にある不動産会社の人だと、怜那からは聞いていて……このマンションの物件担当さんだとかで……」

「その人が怜那さんと何か個人的な関係にあったんですね？」

「不倫していました」

不意に美歩が顔を上げた。

「半年くらい前に電話で怜那からその話をされて、でもあまり聞きたい内容じゃなかったし、それ以降は聞いてません。でも不倫してると言ってました」

先ほどまでと一変し、語尾はしっかりと結ばれ、視線も真っ直ぐこちらの顔を捉えたまま動かない。その様子にわたしは少々面食らい、隣で手帳にペンを走らせていた手塚の手も止まった。ローテーブルの向こうで彼女は唇を結び、そのまま一枚の絵のように動かず、瞬きさえもせず、奥で鑑識班が作業をする音が廊下ごしに聞こえてきた。

「とにかく……わたしのせいで怜那は死んだんです」

脈絡を無視して彼女がそう言ったとき、やつれた青白い頰に、うっすらと微笑のようなものが浮かんだように見えたのは気のせいだったのだろうか。

「わたしが怜那を殺したんです」

（二）

赤坂御所（あかさかごしょ）の脇を抜ける外苑東通りは、相変わらず朝の渋滞に見舞われていた。

「気になる絵とか、ありましたか？」

運転席の手塚が車線変更のウィンカーを出しながら訊く。

「わたし芸術的なセンスぜんぜんないからわからないけど、なんかどれも……ずっと見てると、時間の感覚が変になる気がする」

　公用のスマートフォンに目を戻す。画面には、瀧沢鐘一の父親である瀧沢鐘才の絵が表示されている。ゆうべ検索したときは「瀧沢鐘才」で検索をかけるだけでいくらでも作品の画像が出てきたが、今朝は「作品」というキーワードを追加する必要があった。息子である瀧沢鐘一の死が深夜のうちに報じられ、その報道記事が検索結果の上位を独占していたからだ。

「いや美浜さん、それセンスありますよ。なにしろ鐘才が一貫して描こうとしていたテーマって、せかいのせいだったんですから」

　つづく説明によると、「世界」というのはもともと「世」と「界」が合わさった言葉で、それぞれ「時間的な広がり」「空間的な広がり」を意味するのだという。

　瀧沢鐘才の絵はどれも、たしかに後者ではなく前者を感じさせた。人物画も風景画も。背景にねじれた時計が描かれているわけでもなければ、武士がスマートフォンを使っている様子が描かれているわけでもないのに。わたしのような素人にもこんな感覚を抱かせるのだから、瀧沢鐘才というのはやはり大画家だったのだろう。

「自分の親が世界的に有名って、どんな気分なのかしらね」

　わたしの両親は宮城県の内陸部にある、地元の人でなければまず読めない独特な名前を持つ町で、小松菜と曲がりネギをつくっている。大学進学で上京したあと、わたしがそのまま東京で地方公務員試験を受けて警察官になると言ったとき、女の子がそんな危ない仕事をしないでくれと、二人とも電話で泣いていた。

「子供の頃は憧れるかもしれないですけど、大人になってからはやっぱりプレッシャーを感じるんじゃないですかね。自分は自分だって割り切れたり、もしくは親を超えるような存在になれればいいんでしょうけど、どっちもなかなか難しいでしょうから」

頷きながら、ためしにスマートフォンで瀧沢鐘一の作品を検索してみる。かつて父親と同じ画家を目指していたというが、その作品の画像は一つも見つからず、ただ「自殺」の記事がヒットするばかりだ。

スマートフォンから目を上げて窓の外を見る。空には薄い雲が、ガラスに息を吐きかけたほどの白さで広がっていた。雪が残る歩道では、コートの背中を丸めた人々が、足元ばかり見つめて歩いている。

「まあでも……人の仕事であんな暮らしができるっていうのは、少しうらやましいですけど」

「そう？」

「たとえばほら、『ホワイト・クリスマス』っていう曲、あるじゃないですか。いつだったか本で読んだんですけど、あの曲の著作権って、ニューヨークにある会社が一社で管理してるんです。社員が十人もいないけど、クリスマスに世界中で曲が流されるもんだから、毎年とんでもない収入なんですって。その印税額を計算するのに社員総出で一ヵ月くらいかかって、その時期だけは無茶苦茶に忙しいんだけど、あとの十一ヵ月はみんなそれぞれの別荘で遊んで暮らしてるとか」

「いろいろ知ってんのね」

そんな知識は事件捜査の役に立たないぞという嫌味のつもりだったが、まったく通じず、彼は嬉しそうに頬を持ち上げた。

スマートフォンのブラウザを閉じ、瀧沢怜那の写真をひらく。美歩のスマートフォンに保存されていた生前の写真を、昨日、画面ごと撮らせてもらったものだ。カフェのテラス席で、カプチーノ的な何かが入ったカップを持ち上げ、小首をかしげて頬笑んでいる怜那。画面をスワイプし、もう一枚の写真を表示させると、同じテラス席で、こちらは美歩といっしょに写っている。

怜那は、同性から見ても魅力的な女性だった。かといって容姿そのものがすごく優れているというわけではなく、いわゆる華があるというのは、こういうことなのかもしれない。

――もともと高校時代に同じクラスだったんです。

二人の関係は、あれから美歩に教えてもらった。

――だから、二十年くらいの付き合いでした。卒業して別々の大学に入ったあとも頻繁に会っていて……さすがに社会人になってから頻度は減りましたけど、ずっと仲良くしてました。

大学卒業後、美歩は中堅出版社に六年ほど勤めてからフリーライターとなり、怜那のほうは、大学時代からやっていた高級クラブのホステスを、瀧沢鐘一と結婚するまでつづけていた。六本木(ろっぽんぎ)界隈で、店をいくつか渡り歩きながら。そのクラブのどこかで、怜那は瀧沢鐘一と知り合ったのだろうか。そう思って訊ねてみると、意外な答えが返ってきた。

――彼はわたしが紹介したんです。怜那がクラブに勤めていたことは、瀧沢さんには秘密でした。

――美歩さんのほうが先にお知り合いだったんですね。

あるとき美術系の雑誌で瀧沢鐘才をテーマにした特集があり、その際、一人息子であり著作権継承者である鐘一にインタビューを申し込んだのが機縁だったという。

――それまでに、瀧沢さんは一度ご結婚をされていたようなんですけど、その頃は離婚して独身になって、埼玉にあるマンションで一人暮らしをしてました。こんなタワマンじゃなくて、もっと小さい、可愛らしいところで。インタビューもそこでやりました。瀧沢さん、もともとそういう質素な暮らしで満足できる人だったんです。あまり世間のことを知らなくて、そのあと何度か食事をごいっしょしたときも、狭い居酒屋なんかをすごく珍しがってくれて――。

わたしの表情に気づいたらしく、彼女は素早く首を横に振った。

――べつに、そういう関係ではなかったです。あの方は、あまり自分からはお話しにならないタイプで、でもこっちの話はすごく丁寧に聞いてくれて……当時はわたしもライターとして駆け出しでしたから、精神的な余裕がなくて、そういう人との時間がありがたく思えたんです。

怜那を瀧沢鐘一に紹介したのは六年ほど前。上野(うえの)の美術館で鐘才展が開催され、トークイベントのゲストとして鐘一が呼ばれたときのことだった。

――怜那と二人でイベントを見にいったんです。瀧沢さん、相変わらず上手には話せなくて、イベントが終わったあともしきりにそれを悔やんでる感じだったんですけど、怜那はとにかく瀧沢さんのことを褒めて、いるだけでその場の雰囲気が変わるとか、そういうことをすごく言って……。

ここで彼女はしばし言葉を切った。

その沈黙が、それまでの彼女の饒舌（じょうぜつ）を強調した。

――一年くらい経って、瀧沢さんと結婚するって怜那から連絡があったときは、すごく驚きました。そういう関係になってたなんて、どちらからもぜんぜん聞いてなかったので。

おそらく怜那はあえて秘密にし、鐘一にも、美歩には話さないでくれと頼んでいたのではないか。そんな関係性を、わたしも学生時代に周囲で目にしたことがある。相手の男子学生と卒業後に結ばれた彼女も、華のある子だった。個人的に好きではなかったが。

――二人が幸せになったのはいいことだから、もちろん祝福しましたけど。

美歩が瀧沢鐘一に対してある種の想いを寄せていたことは、それまでの表情と口調から察せられた。男性としてだったのか、あるいは精神的な支えとしてだったのかはわからないが。その鐘一が自分の友人と結ばれたことを、美歩は「喜んだ」ではなく「祝福した」と表現したが、その言選り（ことえり）に、彼女の人格のすべてがにじみ出ている気がした。きっと、実際に祝福したのだろう。おめでとうと言って、どちらにも笑顔を見せたのだろう。口では嘘をつかないかわりに、表情や行動では懸命に嘘をつかねばならないという、不必要な苦労の多い人生が想像された。

「例の飯田（いいだ）って人と怜那さんが不倫してる話を聞いて、美歩さんはずいぶん腹が立ったでしょうね」

「何でですか？」

運転席の手塚が、「鈍感」というタイトルの風刺漫画みたいな顔を向ける。女の思考が複雑で、男の思考が単純なのは、大昔から変わらない。そして当たり前の話だが、単純なものが複雑なものを理解するのは不可能に近い。

「なんとなく、そう思っただけ」

車は渋滞を抜け、丸ノ内線の四谷三丁目駅に近づいていた。飯田が勤めている不動産会社「エンリッチ・コーポレーション」が入っているビルは、駅の手前を左へ折れた路地にある。瀧沢怜那との関係について本人から詳細を聞こうと、ゆうべ会社の代表番号に電話をかけてみたが、遅い時間だったため繋がらず、今日こうして会社に向かっているというわけだ。

——怜那、あなたのせいだよ。

——あなたのせいで瀧沢さん死んだんだよ。あなたが飯田さんと——。

電話ごしのその言葉が怜那を自殺に追いやったのだと、美歩は言った。自分のせいで彼女は死んだのだと。しかしそのためには、ある込み入った前提が必要になる。怜那がベランダから身を投げる際、自分の不倫を夫に知られていたことを彼女が知っていたという前提だ。夫の自殺死体を発見したあと、あなたが不倫したせいだと友人に責められたところで、夫に不倫のことを知られていなかったのであれば、責任は感じまい。少なくとも、衝動的に命を断とうとするほどの責任は。

「鐘一さんは、怜那さんの不倫を知ってたと思う？」

「さあ……死ぬ前に鐘一さんが遺書でも書いてくれてれば、わかったんでしょうけど」

「書いてないかどうかなんてわからないでしょ」

「え、書いてなかったですよね？」

「見つかってないだけかもしれない」

怜那が処分したという可能性もある。夫の自殺死体を見つけてから飛び降りるまで、そのくらいの時間はあっただろう。とにかく、すべてを疑ってみるのが刑事の基本姿勢だ。

「あの、ところで美浜さん……これって事件なんですかね？」

そう訊かれ、返答に迷った。もちろん事件ではない可能性が高く、捜査本部も設置されていなければ警視庁も動いていない。いまのところ六本木西警察署の刑事課——もっといえば、わたしと手塚だけが本件を調べている。状況から見て瀧沢鐘一も怜那も自殺なのだろう。鐘一が服んだと思われるサイレース錠も、不眠に悩んでいた本人が一年ほど前から定期的に病院で処方されていたものだということが確認できている。捜査する必要などないのかもしれないし、ゆうべ課長にはっきりとそう言われたし、なにより署の人手が足りていないので、早いとこ本件を手放して別の事件を手伝いたい。それでもこうして関係者に話を聞きに行っているのは、手塚への教育のためと、怜那が死んだ理由がどうしても気になるからだ。

ゆうべあれからマンション周辺への聞き込みも行ったが、怜那が墜落死した具体的な時刻はよくわかっていない。雪のせいでマンション内外の人通りが少なかったうえ、彼女はクスノキの枝葉に飛び込むかたちで落ちたので、大きな衝突音は生じなかったのだろう。美歩のスマートフォンを確認させてもらったところ、怜那との通話が終了したのは午後四時八分。つまり怜那の遺体が見つかる十三分前ということになる。美歩との通話を終えてから死ぬまでのあいだ、奇妙な格好で死んでいる夫を前に、怜那はいったい何を思っていたのか。検案および解剖の結果、瀧沢鐘一と怜那の死亡推定時刻にはあまり違いが見られなかったので、彼女はまだあたたかい夫の遺体を目にし、その身体にふれていたはずだ。

「怜那さんの通話履歴は、何のために調べてるんですか？」

彼女のスマートフォンはジーンズの後ろポケットで起動不能の状態になっていたが、その通話履歴を確認させてほしいと、今朝一番で通信会社に頼んできた。回答はまだ来ていない。

「美歩さんと電話したあと、別の誰かと話したかもしれないでしょ」

「なるほど、それが彼女を自殺に追いやった可能性もあると……あ、ここかな」

目的のビルが見え、手塚は近くのコインパーキングに車を駐めた。上着を身につけるほどの距離でもなかったので、スーツのまま横断歩道を渡ってビルに入る。やけに足音が響く小綺麗なロビーを抜け、エレベーターで四階に上がると、無人受付に電話機がぽつんと置かれていた。壁の向こう側では、複数の男性が代わる代わる、叫ぶように何か言っている。いったい何だろう。入り口のドアに近づいて小窓ごしに覗(のぞ)いてみた。スーツ姿の男たちが、並んだデスクを囲むようにして壁沿いに立ち、時計回りに大声を上げている。どうやらそれが朝礼であり、営業マンたちがそれぞれ今日の目標か何かを順番に叫んでいるらしいとわかったところで、内ポケットのスマートフォンが震えた。

「美浜です」

小声で応答する。かけてきたのは刑事課の同僚だった。通信会社からの連絡で、瀧沢怜那の通話履歴が確認できたという。それによると、昨日の午後四時四分から八分まで桂木美歩との通話があり――。

『そのすぐあとに、別の番号に発信してますね』

午後四時九分から、一分三十秒ほどの通話履歴があったという。

「その番号教えて」

相手が口にした番号をわたしが復唱し、手塚がそれを手帳に書きつける。わたしはいったん電話を切り、ためしにその番号へ発信してみた。コール音が鳴るばかりで応答はない。しかし、そのまま鳴らしていると、やがてスマートフォンを手にしたスーツ姿の男が小走りにドアを出てきた。彼は電話機を耳にあてながら顔を上げ、そこに立っていた見知らぬ二人に初めて気づき、さらにそのうちの一人が自分と同じくスマートフォンを耳にあてていることに気がついた。

（三）

「先ほどは朝礼中に電話を鳴らしてしまいましたが、あとで上司の方に叱られたりしませんか？　なんというか、ずいぶん厳しそうな会社ですけど」

オフィスの端にある打ち合わせスペースで、わたしたちは飯田巧己（たくみ）と向き合った。パーティションの向こうでは業務が開始されたらしく、営業マンたちが口々に「行ってきます」と大声で言いながらオフィスを出ていくのが聞こえる。

「いえ、べつに。いつ客から連絡があるかわからないんで、電話にはいつも即座に対応しろと言われてますから」

年齢は怜那よりも少し若いように見えた。スーツの上からでもわかるがっしりとした身体つきで、営業の仕事をしているわりには肌が白い。ワックスか何かで上向きに整えられた短髪は、全体の輪郭にデザイン性を感じさせ、たぶん床屋ではなく美容室を使っているのだろう。年末に録画しておいた格闘技番組に、似た雰囲気の選手が出ていたような気がするが、誰だったかは思い出せない。

「何のお話を伺いに来たか、おわかりでしょうか？」

「わかりません」

飯田は即答したが、こちらが言葉を返す前に、すっと視線をそらしてつづけた。

「でもまあ……昨日の、自殺のことかなとは思いますけど」

「どなたのです？」

わざと間髪をいれず訊き返すと、彼は驚いたように一瞬だけ目を合わせ、またそらした。深夜に起こされた人のように、その目は生気なく淀（よど）み、瞼（まぶた）の下がひどく黒ずんでいる。

「例の……あの夫婦の」

「あの夫婦というと？」

「だから、瀧沢さん夫婦です。俺が物件担当してるんで」

「瀧沢さんご夫婦が亡くなったことは、いつお知りになったんですか？」

「ゆうべテレビのニュースで」

「そのとき初めて知ったんですか？」

関係者から事情を聞く際、はじめからこうして質問攻めにすることなど滅多にない。逆にいえば、それを実行する場合は必ず理由があった。大抵は、返答までの間(ま)を観察することだ。かすかな表情の動き。言葉を返すまでに要する時間。

「旦那さんが自殺したって話は、まあ、じつは彼女から聞いてました」

「どうやって聞いたんです？」

飯田は何かを慎重に計量するような目つきになり、しばし沈黙する。

「……電話で」

「その電話に関してなんですが、会話の内容を詳しく教えていただけないでしょうか」

ここで、さらに長い沈黙が返ってきた。辛抱強く待っていると、やがて飯田は顔を上げ、ほとんど唇だけを動かすようにして答えた。

「夕方、外回りの仕事してたら電話がかかってきたんですよ。慌てた感じで、家に帰ったら旦那さんが死んでたって。頭にビニール袋かぶって、近くにガスボンベがあって、それ吸って死んだみたいだって」

　いまのところ辻褄は合っている。

「そのとき、あなたは何て？」

「警察に連絡しろって言いました。当たり前ですけど。それで電話を切って、そのあとのことはわかりません。こっちから連絡しようか迷ってるうちに夜になって、テレビつけたらニュースになってたんです」

　午後四時九分からの通話履歴に関し、これで一応の説明はついたことになる。夫の自殺死体を見つけた怜那が、不倫相手である飯田に慌てて電話をし、事の顚末（てんまつ）を伝えるのは不自然ではない。しかしまだ納得はできなかった。彼らの電話が、いま飯田が言ったような会話だけで終わっていたとしたら、やはり彼女がその直後に死を選ぶ理由がわからない。そして何より、この男は嘘をついているという直感があった。

「本当にそれだけでしょうか？」

　飯田は答えず、ただ頰のあたりがぴくりと動く。ほんのかすかに。

「怜那さんがほかに何か言っていたとか、あなたが彼女に何か言ったとか、そういったことは？」

「早いとこ出ろ」

　いきなりパーティションの上から顔が突き出され、飯田の上司らしい男性が、明らかに意図的な威圧を込めて彼を睨み下ろした。わたしたちがいるにもかかわらずそんな態度をとるということは、こちらが〝客〟でないことを承知しているのだろう。

「保険はうち、出入りしてる業者があるんで」

上司はわたしと手塚を一瞥して言う。なるほど、飯田はわたしたちのことを保険のセールスか何かだと説明したらしい。ちらりと彼に目をやると、早くも立ち上がろうと腰を浮かせるところだった。その顔は先ほどまでよりもいっそう生気を失くし、まるで等身大の人形が上司の声と視線で操られているようだ。

「すみません、最後にひとつだけ」

上司の足音が遠ざかったので、わたしは食い下がった。

「あなたと怜那さんとは、いわゆる不倫関係にあったという話があるのですが——」

「だったら何です?」

立ち去ろうとして上体をねじっていた飯田は、振り向かずに声だけを返す。

「仕事がらみでたまたま知り合って、お互い気に入って、旦那がいるけど付き合ったってだけです。べつに犯罪でも何でもないでしょ。俺のほうは独身だし」

「あなたとの電話を切ったあと怜那さんがベランダから飛び降りた理由について、思い当たることはありませんか?」

ここで飯田の様子に大きな変化が見られた。あれだけ生気を感じられなかった顔が、生きている人間の顔——苦悩する人間の顔になって歪み、しかしその顔はすぐに、両手で叩くようにして覆われた。

「俺には……わからないです」

ほとんど聞こえないほどの、くぐもった声。

「見当もつきませんか？」

小さく頷いたあと、数秒の間を置いてから、彼は両手を顔から引き剝がした。まるで表情ごと引き剝がされたように、そこにあったのは先ほどまでの力ない顔つきだった。

「仕事があるんで」

「ご協力ありがとうございました」

参考までに名刺をもらいたいと言うと、彼は名刺入れを取り出し、捨てるようにして一枚をテーブルに放った。そのままパーティション・コーポレーションの向こうに消えてしまったので、わたしは手塚を促して立ち上がり、エンリッチ・コーポレーションをあとにした。

「怜那さんが死んだ理由、やっぱりぜんぜんわからないですね」

エレベーターで一階に降りながら、手塚がボールペンの尻で頭を掻く。

「わからないけど、少なくとも飯田さんとしては、彼女に死なれたくはなかったはずよね」

「付き合ってたからですか？」

「それもあるけど――」

瀧沢鐘一が死ねば、莫大ともいえる彼の財産は妻である怜那のものになる。そして、その怜那といっしょになれば、飯田のものにもなっていたはずだ。もちろん鐘一が遺言書でも書いていれば話は変わってくるが。

「支払いして領収書とっといて」

コインパーキングに戻り、先に助手席へ乗り込んだ。手塚は小走りに精算機へ向かい、しかし駐車位置番号を忘れたらしく、また戻ってきて車の前側を覗き込む。わたしはスマートフォンにイヤホンを挿し、美歩からデータでもらった録音音声を再生した。昨夜から何十回も繰り返し聴いた音声だが、まだ気づいていないことがあるかもしれない。

ヒールを履いているらしい怜那の足音から、音声ははじまる。

マンションの三十五階でエレベーターを降り、外廊下を歩いているところだろう。

『録れてる？』

怜那が囁く。

『録れてると思うけど……』

『思うって何？　録れてんの？』

『ごめん、うん、録れてる……ねえ怜那、録音ばれないかな？』

『大丈夫、スマホ、バッグの中に入れとくし』

怜那の足音が止まる。

『家、入るね。スピーカーにするから、ぜったい喋らないで。そっちの声聞こえちゃうから。物音も気をつけて』

『わかってる』

怜那が玄関に近づき、スマートフォンがバッグに入れられる。玄関の鍵が回され、ドアがひらかれる。録音は美歩の側で行われているので、彼女の部屋から聞こえる救急車の音などがかすかに入っている。

『あの人、寝ちゃってるみたい』

床に横たわった夫の姿が見えたのだろう、怜那はそう囁く。しかしすぐに、夫が寝ているのではなく、ビニール袋をかぶって死んでいることを知る。

『え嘘』

スマートフォンがバッグから取り出されたらしく、以後の怜那の声は鮮明になる。

『美歩、やばい』

『え』

『ねえ美歩、やばいって』

『え何？　瀧沢さんは？』

『……死んでる』

『え、どういうこと？　嘘でしょ？』

『ほんと。頭に……頭にビニール袋かぶって床に倒れてて……ガスボンベからビニールん中にチューブが延びてて……』

『ガスボンべって何、どういう意味？』

「お待たせしました」

運転席のドアが開いた。不覚にも驚いてしまい、その拍子に人差し指がスマートフォンの脇にある音量ボタンを押し込んだ。イヤホンの中でホワイトノイズが一気にクレッシェンドし、怜那の叫び声が大ボリュームで両耳に突き刺さる。

『死んでるの！　あの人死んでる！』

わたしは慌てて再生を止めた。

「あ、すいません」

「待って」

「自分、外にいたほうがいいですか？」

「そうじゃなくて――」

いま、何か聴いた気がする。

怜那が叫ぶ前に、何か。

ボリュームを上げた状態のまま、わたしは少しだけ音声を巻き戻して再生した。

『え、どういうこと？　嘘でしょ？』

『ほんと。頭に……頭にビニール袋かぶって床に倒れてて……ガスボンベからビニールん中にチューブが延びてて……』

『ガスボンベって何、どういう意味？』

美歩がそう言ったあとの、背景音に耳をすます。これは何だろう。音の発生源は美歩の側ではなく、おそらく怜那のほうだ。ほんのわずかに聴こえる、高くて透き通った音。上手く言えないが、アニメでＵＦＯが地球にやってきたときのような。いや違う、もっと身近な音だ。自分はこの音を、日常生活の中で耳にしたことがあるように思える。いつだったか。どこだったか。

「ちょっと聴いてみて」

手塚にイヤホンを渡し、その部分を確認してもらった。しかし彼も首をひねり、下敷きを曲げたり伸ばしたりして遊んでいるときの音に似ているという、わかるようなわからないような感想が返ってくるばかりだった。わたしはふたたびイヤホンを耳に押し込んで該当部分を聴き直してみたが、やはり音の正体ははっきりしない。ほかの部分にも不審な音が入ってはいまいかと、耳が耐えうる限界までボリュームを上げた状態で最初から音声を聴き直してみたが、気になる物音が入っているのは先ほどの箇所だけだった。

「シロさん経由で科捜研（かそうけん）に送って、この部分を音声分析してもらいましょう」

「何で代田さん経由なんです？」

「事件化されてないから、わたしたちが頼んでも後回しにされるかもしれない。でもシロさんなら顔が利く」

手塚がその連絡をとるあいだ、わたしは今回の関係者たちの顔を順繰りに思い起こしてみた。ゆうべマンションの応接室で話した桂木美歩。彼女と高校時代からの友人だった瀧沢怜那。たったいま顔を合わせてきた飯田巧己。それぞれの人となりは、ある程度だが摑めた気がする。しかしまだ一人だけ、極めて曖昧（あいまい）な印象の人物がいた。マンションのリビングで死んでいた瀧沢鐘一。偉大な父親が遺した絵画作品により、彼は豪奢な生活を約束されていたいっぽうで、三十も年の離れた妻に陰湿なDVを行っていたという。しかし、ゆうべ美歩が語ってくれた瀧沢鐘一の人物像は、どうもそうした行為とそぐわないように思える。怜那と結婚したあと、何らかの理由によって人格にねじれが生じたのだろうか。

「鐘一さんのことをよく知ってる人から、話を聞きたいわね」

（四）

木目調で統一されたダイニングをこっそり見回していると、テーブルの向こうで摩耶子（まやこ）がマッチを擦った。細い二本指で挟んだラークに火をつけてから、彼女も室内に視線を流す。

「ぜんぶ、そのままにしてあります。家も家具も、もともとわたしの趣味に合わせたものだったので。彼のほうは、とにかく何のこだわりもない人でしたから」

あれからわたしたちは、瀧沢鐘一の元妻の連絡先を知るため、美術雑誌の出版社に足を向けた。対応してくれた編集者は、わからないと首を横に振ったが、かつて瀧沢鐘一の連絡先として登録してあった世田谷（せたがや）区内の電話番号を教えてくれた。ためしにそこへかけてみると、摩耶子が応答し、いまも一人でその家に暮らしているという。突然の連絡だったにもかかわらず、彼女は快く来訪を承諾してくれたばかりか、やがて現れたわたしと手塚にレモンティーまで出してくれた。レモンティーは少し濃く、朝食も昼食もとらず空っぽの胃には少々刺激が強かったので、飲むのは一口だけにし、もう湯気も消えかけている。

「ごめんなさいね、これ、煙草(たばこ)」

吐息とともに唇から流れ出た煙は、高い天井に向かって立ち上ったあと、シーリングファンの風に散らされて消えた。

「いえ、お気になさらず」

「一人になってから喫(す)いはじめたんです。わざと時代に逆行してやろうと思って」

ゆっくりとした口調で言いながら、悪戯っぽく目尻に皺を寄せる。

電話のときから感じていたが、彼女はひどく浮世離れした印象の女性だった。世の中のことなど気にもかけず、いつもただ自分の時間だけを生きているような。実際、新聞もニュースも見なければインターネットも使わないらしく、元夫が死んだことは友人からの電話で今朝になって知ったという。

「この暮らし、よく人にうらやましがられるんです。もちろん、はっきりとそう言う人はいませんけど、雰囲気でわかります」

あなたたちもそうでしょうというように、こちらの顔を見て頰を持ち上げる。わたしも手塚も曖昧に首を振った。先ほど聞いたところによると、鐘一は離婚時に財産の半分のみならず、この家や家財道具もすべて摩耶子に渡したらしい。それでもなお港区の一等地でタワーマンションを買えるというのはすごいものだが、それだけ、父親である瀧沢鐘才の作品から得られるものは大きいということなのだろう。

「立ち入ったことを伺って申し訳ないのですが、離婚された原因というのは、どういったものだったんですか?」

「わたしが耐えきれなくなっちゃって」

瀧沢鐘一の暴力的な部分を、彼女の口から聞くことになるかもしれないと思ったが、その予想は外れた。

「あの人、いつも一人で思い悩んで、朝から晩まで塞ぎ込んで……わたし、頑張ってその空気に慣れようとしましたし、変えようともしたんですけど、ちょっと難しかったんです」

そのあと彼女が語ったのは、美歩が聞かせてくれた人物像とも、怜那が主張していた人物像とも異なる、また別の瀧沢鐘一の姿だった。

「自分は何も持たない、つまらない人間なんだって、あの人いつも言っていました。本当に、いつも。でも人間、何かを持っていることのほうが珍しいじゃないですか。もちろんわたしだって何ひとつ持ってやしませんよ」

彼女はそのことを、何度も夫に話して聞かせた。しかし彼が変わることはなく、年を追うごとに、その鬱屈は度合いを増していった。

「お父様があまりに著名な方だったからなんでしょうね。父親の〝鐘才〟から才能を取って、ただの存在だけになったのが自分だなんてことも、よく言っていました。若い頃から自分の才能のなさに苦しんで、苦しんで……学生時代の一時期は、自殺未遂をしたり、なんだか、色が見えなくなったりしたこともあったようです」

最後の部分がよくわからなかったので訊ねようとしたら、隣で手塚がうんうんと頷いた。あまり大きく頷くので、頭というよりも顎を上下させているように見えた。

「心因性の色覚異常ですよね」

「ご存じなんですか？」

「学生時代にインタビューで読みました。そんな症状に悩まされていた時期があったって。わりとすぐに治ってはくれたようですけど」

摩耶子は天井に顔を向け、回転するシーリングファンを見上げる。

「悩んだり、少しだけ立ち直ったりの人生だったみたいです。とくに歳をとって、ちょうどお父様がいちばんご活躍なさってたくらいの年齢になってからは、どんどん自分が空っぽになっていくような気持ちだったようで……そんな自分を、自分で責めて。そうしているうちに、どんどん筋金が入ってしまったんだと思います。ほんとに、毎日毎日、よくこんなに自虐的な言い回しが思いつくもんだと感心するくらい、いろんな言葉で自分のことを卑下してましたから」

そうしたときに瀧沢鐘一が使った具体的な表現を、摩耶子は一つ一つ思い出してわたしたちに語ってくれた。聞いているうちに急速な憐れを催し、それが湿った砂のように胸に溜まって、すぐにこちらが疲れ果ててしまうような言葉ばかりだった。結婚というものをしたことはないし、あまり興味を持ったこともないが、そうした人と暮らすのはたしかに大変だっただろう。子供でもいれば少しは違ったのかもしれないが、二人きりでは逃げ場もない。

「そうはいっても、わたしはべつに、だから別れましょうなんていう気はなかったんです。でもあるとき、そうしたことをみんな包み隠さず話してみたら、あの人、申し訳ないって謝って、人を嫌な気持ちにするのは耐えられないからということで、向こうから」

摩耶子は左右の人差し指で×印をつくった。

「……離婚を？」

「そういう人なんです」

こくりと頷き、自分の睫毛を見つめるように目を細める。

「人間にも、物にもお金にも、執着がないんです。しまいにはきっと、自分の命にも執着がなくなってしまったんじゃないでしょうかね」

隣で手塚がレモンティーをすすり、わたしもかたちだけカップに口をつけた。摩耶子は煙草を最後にひと喫いすると、むやみに光るクリスタルの灰皿でもみ消した。

「今朝の電話で聞いたんですけど、あの人が亡くなっていたのを見つけたのは、再婚した……エマさん？　違ったかな。エナさんっておっしゃいましたっけ」

「怜那さんです」

「ああ、そうだった。再婚したときにあの人が葉書を送ってくれて、そこにお相手のお名前も書いてあったんですけど、忘れてました」

離婚した元妻にわざわざ再婚の連絡をするというのは普通のことなのだろうか。しかも再婚相手の名前まで書くというのは。訝るわたしの顔つきを見て、摩耶子はふふっと声を洩らす。

「面白いでしょ。人の気持ちとか、そうしたものを考えるのが徹底的に下手っぴなんです。でもまあ葉書に関しては、その怜那さんが、送れって言ったのかもしれないですけどね。若い子だったみたいだから」

隣で手塚が生真面目な顔をしてメモを取る。

「怜那さんがあの人の死体を見つけたのって、昨日の何時頃のことだったんです？」

「午後四時過ぎです」

「わたしがちょうど雪だるまをつくっていたときね」

「雪だるま」

「そう、庭の隅に。花壇のクリスマスローズが雪で折れていないか見に行ったんですけど、なんだか思い立って、雪だるまなんてつくりはじめちゃって……ああ、そういえば雪だるまに夢中になって、クリスマスローズを見るのをすっかり忘れてた。でもクリスマスローズって、クリスマスにはまだ咲いてないし、そもそもローズじゃなくってアネモネなんかの仲間だし、ほんとに変な花よね」

瀧沢鐘一という人物ほどではないが、元妻の摩耶子もなかなか摑みどころがない。

「怜那さんが四時過ぎに鐘一さんの遺体を見つけたあと、彼女もまた亡くなったという話はご存じでしょうか？」

「もちろん聞いてます。若い男と不倫かなんかして、そのせいで鐘一さんが死んじゃったもんだから、後悔して飛び降りたんじゃないですかね」

なぜ不倫のことまで知っているのかと驚いたが、どうやら完全な冗談だったらしく、摩耶子は肩口で空気をはたくような仕草をして笑った。もっとも冗談でこんなことを言うのも充分に驚きだが。

「ねえ、せっかくクリスマスローズのこと思い出したし、ちょっと見に行ってもいいかしら。また忘れちゃうと嫌だから」

わたしは上着を摑んで立ち上がり、手塚も遅れて腰を上げた。

南向きの庭は広く、一面の雪が午後の太陽を跳ね返していた。昨日の夕方に摩耶子がつけた足跡だろう、曖昧な楕円形の穴が連なり、その先に花壇がある。もっとも、それが花壇だとわかったのは、積もった雪の下から薄ピンクの花がいくつか飛び出していたからだ。

「見て、ほら」

長靴を履いた摩耶子が、自慢げに雪だるまを指さす。大人の腰くらいまであり、なかなかの大作だったが、あまり上手とはいえない。彼女は雪だるまに近づいて頭を撫でたあと、花壇に積もった雪をそっと両手で掻き分け、花の様子を確認した。屋外（そと）で見る彼女の顔には年齢相応の小皺が刻まれていたが、仕草は小さい子供のようだ。

「向こうにある、あれは?」

庭の角に、小さな木造りの建物がある。

「ああ……あの人がここにいた頃、アトリエにしていた離れです。結婚したときにはもう画家を目指すことはやめて、お父様の作品を管理する仕事に専念してましたけど、それでもあきらめきれなかったのか、よくそこで絵を描いていました」

「中を見てもいいですか？」

わたしより先に手塚が訊く。捜査のためというよりも、純粋な興味がはっきりと顔に浮かんでいた。摩耶子は屈託なく頷き、いったん玄関に戻って入り口の鍵を持ってくると、母親みたいな顔で彼に渡した。

「中は、あの人が使ってたときのままになってます。とにかくこの家にあるものは何ひとつ持っていかなかったので」

「自分が描いた絵もですか？」

手塚の眉毛が、前髪の中に消えていきそうなほど持ち上がった。

「置いていくことで、いよいよ自分の夢をきっぱりあきらめるつもりだったのかもしれません。残していった絵はどう処分しても構わないし、もし売れそうなら売ってほしいなんて言ってましたけど、それまで誰も買わなかったのに、急にそんなこと起きませんよね。どうしていいかわからなくて、けっきょくみんなそのまま。たまにドアを開け放して風を入れるくらいで」

手塚は嬉々としてアトリエに向かい、わたしは摩耶子とその場に残った。

「離婚するちょっと前だったかしら……あの人、珍しく自分から話しかけてきて、絶対的な自信作ができたなんて言ってたこともあったんですよ。でも、それも画壇からはまったく相手にされなかったみたいで、そのときの落ち込みかたなんて、見ていてこっちの心がやられちゃうくらいでした。実際、少しやられちゃいましたけど」

どんな絵だったのかと訊いてみると、摩耶子は鼻に皺を寄せて微笑(わら)った。

「わたし、あの人の絵は一枚も見せてもらったことがないんです」

「そうなんですか？」

「ええ、結婚前も、結婚してからも。そのアトリエも入らないでくれと言われていたので、そうしていました。だから、どんな絵だったのかなんてわかりません。まあ、自画像だというようなことは、ちらっと言ってましたけど。――ねえ、あの人ってどんなふうに死んだんです？」

だしぬけに訊かれた。閑静な住宅街のため、声は周囲によく通る。わたしは彼女に顔を寄せ、ガスボンベの二酸化炭素による急性呼吸不全だと、すでにマスコミに発表されている内容を伝えた。

「ああ、そうなのね。電話をくれたお友達、細かいことまでは知らなかったみたいだから」

「怜那さんが遺体を見つけたのは、さっきも言いましたが午後四時過ぎのことでした。亡くなってからまだそれほど経っていなかったようです」

「四時過ぎ……ウィスキータイムのあとかしらね」

「何です？」

瀧沢鐘一のルーティーンだという。

「おやつのかわりなのか知りませんけど、三時くらいになると、いつもリビングでウィスキーを飲んでいたんです。毎日ぜったいに欠かさず、氷を入れないウィスキーソーダを一杯だけ。

酔っ払うわけでもなければ、べつに美味しそうな顔もせずに、黙って一人で。とにかく自分の習慣を変えるのが嫌いな人でしたから、きっといまでも同じだったんじゃないかと思って」

「テーブルに残されていたグラスから、はい、たしかにウィスキーソーダの成分が検出されています」

そのウィスキーソーダで睡眠薬を服用したことは、マスコミにも発表していないので黙っていた。

「若い奥さんに言いくるめられて、あんな派手な街に住んでも、習慣だけは変わらなかったのね。ウィスキーは鶴の陶器ボトルだったんじゃありません？」

どうだという顔をされたが、すぐには言葉の意味がわからなかった。文脈からして、鶴というのはウィスキーの銘柄だろうか。しかし現場に残されていたのは「ＧＬＥＮＭＯＲＡＮＧＩＥ」のボトルだった。インターネットで確認したところ「グレンモーレンジィ」と読み、フルーツ香を帯びた、滑らかな舌触りのスコッチウィスキーらしい。わたしはそのことを摩耶子に伝えようとしたが、思い直して言葉をのみ込んだ。

この事実が、ひどく重要であるように思えたからだ。

「そのあたりは確認中です。瀧沢さんはいつもその、鶴というウィスキーを？」

「ただの鶴じゃなくて、昔の、白い陶器のボトルに入っているやつです。もともとはお父様が好んで飲まれていたお酒なんですって。いまはもう製造されていないそうですけど、高値で流通はしているみたいで」

スマートフォンを取り出し、鶴の陶器ボトルを検索してみた。真っ白で気品のある、高価な花瓶のようなボトルで、何が違うのかわからないが値段は一万円台から四万円台まで幅広い。

「お父様がお好きだったのと同じお酒を、毎日一杯だけ飲んで、何を思っていたのかはわかりませんけど……でも考えてみれば、あの人が物に対するこだわりを持っていたとしたら、あのウィスキーだけだったかもしれません」

摩耶子は雪の上に落ちていたクリスマスローズの花びらを拾い、雪だるまの頭にちょこんとのせた。それを眺めながら、わたしは昨夜の光景を思い返していた。現場を検分した際、キッチンのゴミ箱を順番に覗いていったとき、不燃ゴミを入れる箱のいちばん上に、白い陶器のボトルが入っていたのを憶えている。どうやらあれが鶴だったらしい。だとすると、いつも飲んでいたボトルが空いてしまっていたので、昨日は違うウィスキーを飲んだのだろうか。

「あなたもアトリエをご覧になる？」

「ええ、じゃあ」

手塚がつけた足跡を踏みながら、二人で木造りの建物に向かった。靴を脱いで中に入ると、広さは六畳ほどだろうか、北側に大きな天窓がある真四角の空間だった。何も架けられていないイーゼルが二つ。背もたれのついた木製の椅子が一つ。古いサラダ油のようなにおいが充満しているのは、油絵の具のせいだろう。壁際に並んでいるのは、絵を保管する専用の棚らしい。左右の木枠はどちらもハシゴのようになっていて、それぞれの段にキャンバスがのせられている。つまり通常の棚でいうと、棚板がキャンバスになったような格好で、絵と絵が互いにふれ合わないようになっているようだ。

その棚の一つに近づいてみる。隣の棚では手塚が、こちらに気づいてもいない様子で熱心に絵を見ている。わたしもためしに手近なキャンバスをそっと引いてみると……これは木だろうか？　モノクロームの絵で、真ん中に灰色のブロッコリーのようなものが浮き出している。暗い背景には、記号とも物体ともつかないものが細密に描き込まれ、そのいくつかは人間のかたちをしているように見えた。何を表した絵なのかは不明だが、描くのに相当な時間と労力が必要だったことは間違いない。

別の絵を見てみると、やはりモノクロームで、これは自画像だとひと目でわかった。わざとなのかどうなのか、ひどく荒々しい筆遣いで、描いているときの呼吸音が聞こえてくるようだ。その筆遣いのせいで自画像の顔つきは曖昧になり、怒っているようにも哀しんでいるようにも見える。しかし少なくとも、インターネットに載っていた本人の写真にも、マンションの遺体にも見られなかった、表情というものがそこにはあった。口は少しひらき、何か言葉を口にしているような印象だが、もちろん何だかはわからない。

幼い頃、宮城の実家近くにある寺で友達と遊んでいたときのことを、わたしは思い出した。あれも冬で、雪だるまや雪うさぎをつくっているうちにすっかり日が落ちてしまい、急いで帰らなければと、みんなで寺をあとにした。表門を走り抜けたとき、ふと振り返ると、金網が張られた木枠の中で、仁王像の一体がわたしに顔を向けていた。凸凹の顔面は暗がりで色を失くし、いま見ている絵のように表情は曖昧だったが、口をひらいていることだけは見て取れた。

そのときはとくに何とも感じなかったけれど、家に帰ってから、あれは自分に何か言っていたのではないかと思えて仕方がなかった。考えれば考えるほど、何か怖いことを、悪いことを言っていた気がして、それから長いあいだ、寺の表門を抜けるときは必ず下を向いて走った。

ほかの絵も何枚か見てみる。みんな白黒だ。どれも、まるで色というものが消えてしまった世界のようで、はっきり言えば何度も見たいとは思えなかった。それぞれの絵には右下に「Shoichi Takizawa」とサインが入っているが、「Takizawa」よりも「Shoichi」のほうが少しだけ太く見えるのは気のせいだろうか。

「……美浜さん」

隣の棚で手塚が、妙にかすれた声を洩らす。そちらを見ると、まるで頭の後ろに繋がれたホースから空気でも送り込まれているように顔がふくらみ、両目がいまにも眼鏡を押しのけそうに見ひらかれている。その様子が尋常ではなかったので、わたしは返事をしそびれ、表情だけで訊ね返した。手塚のほうも言葉をつづけず、手に持ったキャンバスを少しだけ持ち上げてみせる。しかしそうやって裏面を見せられても意味がない。わたしは回り込んで絵を覗いてみた。

その瞬間、視覚以外の感覚がいっせいに消え失せた。

キャンバスは縦に使われ、背景は底が抜けたような暗闇。黒い絵の具だけを使っても、きっとこれほど完全な暗闇は表現できないだろう。背景の筆遣いは丁寧で、表面にほとんど凹凸がない。しかしその手前に描かれたもののほうは、何度も何度も重ね塗りをされたようで、たとえ目をつぶっていても指先でふれるだけで何が描かれているのかが把握できそうなほどだった。わたしははじめそれを、真っ暗な床に横たわった人物だと思ったが、それはマンションで見た瀧沢鐘一の遺体が頭にあったせいで、おそらく実際には吊り下げられた男の姿だ。キャンバスの中央上部に描かれた、こちらに向かって暗闇から突き出している一本の粗い木材。瀧沢鐘一と思われる無表情の男が、左右の手首を木材の上でクロスさせ、そこにぶら下がっている。ただし両手首を縛るものはなく、彼は見えない何かでそこに固定されているようだ。そして、クロスされた両手首の上には、ぽつんと一本の絵筆が浮かんでいた。鉤形（かぎがた）に曲がった指先が、届きそうで届かないほどの位置に。

（五）

「だってあれ、ぜったい偶然じゃないですよ」

翌日の課内会議のあと、手塚は珍しく感情を露（あら）わにしていた。

「自分が描いた絵とまったく同じ格好を、わざわざ自分の身体で再現して死んで、そこに理由がないわけないじゃないですか」

「理由がないなんて、課長も言ってないでしょ」

あの絵のことを報告し、早急に事件化して捜査員を増やすべきだと提案したところ、見事に却下されたのだ。手塚は納得がいかないようだったが、わたしとしては、そうだろうなという思いだった。

「けっきょく自殺は自殺。事件にはならないってこと」

それがどれほど謎めいていたとしても。

「摩耶子さんが言ってた瀧沢鐘一さんの〝絶対的な自信作〟って、自画像だったんですよね？あの絵がそうだったんじゃないですか？」

思い切ったボリュームで話しながら、手塚は階段を降りていく。これから署を出て向かおうとしているのは国会図書館だった。わたしたちがアトリエで見つけたあの絵について、瀧沢鐘一が何か話していたことがなかったか、過去のインタビュー記事を読んで確認するためだ。彼は父親の作品に関してコメントを求められることが多く、美術雑誌に何度も登場している。そうした記事を読めば、何か摑めるのではないか。もちろん手当たり次第に雑誌を読んでいくわけではなく、昨夜のうちに国会図書館のオンラインサービスである程度の目星はつけてある。

「それは昨日、摩耶子さん本人に訊いたでしょ」

瀧沢鐘一が言っていた〝絶対的な自信作〟があの絵であるのかどうか、彼女にはわからないらしい。実物を見てもらったところ、初めて目にしたらしく、ただただ首をかしげるばかりだった。元夫が描いた絵を一枚も見たことがないのだから、当然ではあるのだが。

「じゃあ、亡くなった怜那さんはどうですか？　彼女はあの絵の存在を知ってたんですかね？」

「それはわたしも気になって仕方ない」

もしも怜那があの絵を知っていたとしたら、まったく同じ構図で命を断っている夫を見て、何を思っただろう。怜那は夫の遺体を見たすぐあとに死んでいる。彼女の死とあの絵は、何らかのかたちで関係しているという可能性もある。死ぬ直前に飯田巧己と電話をしたとき、夫の遺体がとっていた格好について、彼女は何か言っていなかっただろうか。わたしはそれを飯田に確認したかったが、昨日から何度電話しても応答はなく、会社にかけてみても、体調不良で休みとのことだった。

「手塚くん、芸術に詳しいんだから、何かアイディアないの？　どうして鐘一さんがわざわざあんな死に方をしたのか。たとえば何かのメッセージだったとか」

「いや、芸術とか関係ないですよ。そもそもメッセージなら文字がいちばん伝わるじゃないですか」

たしかにその通りなのだ。刑事に「たられば」は厳禁だが、瀧沢鐘一が遺書でも書いてくれていればよかったのにと、どうしても思ってしまう。

いや、待て。

――鐘一さんは、怜那さんの不倫を知ってたと思う？

昨日、飯田巧己に会うためエンリッチ・コーポレーションに向かっているとき、車の中で手塚と話したのを憶えている。

――さあ……死ぬ前に鐘一さんが遺書でも書いてくれてれば、わかったんでしょうけど。

――書いてないかどうかなんてわからないでしょ。

――え、書いてなかったですよね？

――見つかってないだけかもしれない。

遺書は、じつはとっくに見つかっていたのではないか。わたしたちの目の前にあったのではないか。瀧沢鐘一がとっていた奇妙な体勢。床にぽつんと置かれていた絵筆。かつて描いた自画像と、まったく同じあの構図。あれこそが〝遺書〟だったという可能性はないだろうか。言葉ではなく、自らの身体を使って〝遺書〟を残したという可能性は。文字で遺書を書いてしまうと、それを怜那に処分される可能性があると考えて。もっとも、身体を使ったその〝遺書〟が誰にも理解できないのであれば、何の意味もないが。

「……違う」

思わず廊下で立ち止まった。手塚はそのことに気づかず、ずいぶん先で振り返り、小走りに戻ってくる。そのあいだにわたしは考える。――逆だったのではないか。他人に理解される必要はなかったのではないか。自分が死んだとき、いちばん最初に遺体を見つけるのが怜那であることを鐘一はわかっていたはずだ。彼女にさえ理解できればそれでよかったのではないか。

そして、もしかしたらその〝遺書〟が、怜那の死に繋がっているのかもしれない。だとすると、あれは瀧沢鐘一が仕掛けた無理心中だったという可能性もある。

「手塚くん、アトリエで見つけたあの自画像って、どんな意味を込めて描かれたものだと思う？」

彼はわたしと向き合うと、腕を組んで天井を見上げたが、ただのポーズだったのだろう。やがて音を立てて唇をひらき、事前にしっかり考えていたとわかる口調で答えた。そしてその解釈は、わたしが漠然と考えていたものとほぼ同じだった。

「自分自身の人生を表現したんじゃないでしょうか。父親の偉大さという、見えない紐で呪縛された人生。手首を縛りつけているものなんて本当はなくて、自由に動けるはずなのに、動けない。真っ暗闇の中で懸命に絵筆を摑もうとしているのだけど、もう少しのところで手が届かない」

「あなた学生時代に鐘一さんのインタビューをいくつか読んでるのよね。何か自分自身の人生について、本人が話していたようなことはなかった？」

「いやあ、自分のことについては、ほとんど話してないですね。そもそも父親の作品についてのインタビューですし。でも……」

つるりとした顎を撫で、手塚は小首をかしげる。

「なんか、ぜんぶ、違う気がするんですよ」

「どういうこと？」

「まず、美歩さん、怜那さん、摩耶子さん——三人が話していた瀧沢鐘一さんの人物像が、ぜんぶ違ってたじゃないですか。それに加えて、僕がインタビューを読んだときの印象もまた、そのどれとも違ってたように思えるんです」

「具体的には？」

よくわからないという。

「でもとにかく違和感があって。中でもいちばんは、怜那さんが美歩さんにメッセージで送ってたDVの件ですけど」

たしかにそれはわたしも感じていた。なんというか、瀧沢鐘一という人間は、物理的な暴力であっても心理的な暴力であっても、それを他者に向けるのではなく、どちらかというと自分に向けてしまうタイプだったのではないかと思えるのだ。

「だから、じつは……ほんとなのかなって思っちゃって」

「何が？」

眼鏡を直しながら、DVが、と呟く。

「え、つまり、あれは怜那さんの嘘だったって言いたいの？」

「ありていに言えば……はい」

「そんな嘘をつく理由がある？」

たとえば瀧沢怜那が、夫と離婚して飯田巧己といっしょになることを考えていたとする。彼女が別れを切り出しても、夫が承諾しなければ離婚はできず、だからといって飯田のことを話してしまったら慰謝料を請求される可能性がある。彼女は離婚をするための材料となるものがほしくて、友人の美歩に、夫からDVを受けていると嘘を吹き込む。しかしそうしたところで、鐘一本人が否定すればそれまでだ。美歩に送ったメッセージの内容だけでは、DVの証拠になどならない。少しでも頭の回る人間なら、そんな嘘をついても無意味だとわかるだろう。

しかしその直後、手塚が返した言葉に、わたしははっとした。何より、自分がそれを見逃していたことに驚いた。

「だって、そもそもDVの話がなかったら、あの録音はされなかったわけじゃないですか」

そんなに単純なことに、どうして気づかなかったのだろう。たしかに美歩は言っていた。あの音声は、怜那からDVの証拠を録りたいと相談され、録音したものだと。自分で録音すると、もしばれたら鐘一にレコーダーを取り上げられ、内容を消されてしまうかもしれないからと。

「あなたそれ、いつから気づいてたの？」

「いまです」

「何で早く言わないのよ」

「言ったじゃないですか」

無意味なやりとりをしている最中にスマートフォンが震えた。電話はシロさんからで、まさに件の録音に関する連絡だった。昨日送っておいた音声の一部——正体不明の音が聞こえたあの部分について、科捜研の音声分析チームから結果報告があったという。

『硬い材質でできた細口の容器から、粘度の極めて低い液体を注出している音である可能性が高いとのことだ』

絶対に故意だと思われる、ややこしい言い回しだった。それでもすぐにピンときたのは、どこかでその答えを予想していたからだろうか。

「たとえば飲み物のボトルから中身を出しているような？」

『まあ、そういうことだ』

「ボトルの材質はわかりませんか？」

『だから、硬い何かだよ』

「陶器ではないですか？」

わからんな、と言われて通話を切られた。手塚を見ると、眼鏡の奥でハトのように両目を丸くしている。わたしは彼を廊下の隅まで引っ張り、シロさんからの報告内容を伝えた。

いつからか頭の隅にうっすらと存在していた、ドライアイスから出る靄のような疑念。それがいま、徐々にかたちを持ちつつあった。ただし明確な形状ではなく、まだ輪郭は曖昧だ。

「やっぱりこれ、捜査本部を設置してもらわないと」

「美浜さん、いまボトルが陶器だったかどうか訊いたのは、例のあの、鶴っていう？」

「そう。鐘一さんがいつも飲んでたウィスキー」

キッチンのゴミ箱に入っていた白い陶器ボトル。録音された音声に入っていたものが、あのボトルから中身を出す音だったとしたら。

「怜那さんがマンションに帰ったとき、鐘一さんはただ眠らされていただけなのかもしれない」

そう言ったものの、自分でもまだ整理ができていなかった。いくつかの断片的な事実が頭の中をめぐるばかりだ。瀧沢鐘一の体内から睡眠薬のサイレースが検出されていること。ゴミ箱に捨ててあった鶴の陶器ボトル。怜那が美歩に頼んで録音させた音声。彼女は夫からＤＶを受

けている と相談し、美歩にあの音声を録音させた。そうすることで、夫の自殺死体を発見した瞬間があぁして記録され――。

「鐘一さん、自殺じゃなかった可能性がある」

ようやくまとまってきた自分の考えを、わたしは手塚に聞かせた。怜那は事前に、鶴の陶器ボトルにサイレース錠を入れていたのではないか。それを知らない瀧沢鐘一は、午後三時頃、いつものようにそのボトルからウィスキーをグラスに注ぎ、ソーダで割って飲んだ。薬の作用で彼は意識を失い、そこに怜那が帰宅する。彼女は夫の自殺死体を発見したふりをし、その様子を美歩に録音させる。そして鶴の陶器ボトルからサイレース入りのウィスキーを出し、空にしたボトルをゴミ箱に放り込んで証拠隠滅をはかり、テーブルには別のウィスキーボトルを置いておく。ボトルのそばにあったグラスからはウィスキーソーダの成分しか検出されていないので、夫が使ったグラスはいったん中を洗い、ごく少量のウィスキーソーダを新しくつくって入れておいたのかもしれない。

「でも、サイレースは液体に溶かすとその液体が青みがかるんですよね? 鐘一さん、飲む前に気づかなかったんでしょうか」

「昨日あなた、鐘一さんが学生時代に患った症状のことを話してたでしょ?」

心因性の色覚異常。――もしや、それが再発していたのではないか。だとしたら、共に暮らしていた怜那は当然それを知っていたはずだ。

「じゃあ、遺体がかぶっていたビニール袋も、炭酸ガスのボンベも――」

「怜那さんがやったことになる。遺体のポーズも、床の絵筆も含めて」

薬で眠っている夫を、彼女はそうして自殺に見せかけて殺した。

だが、どうして怜那は、夫の身体を使ってあの絵を再現したのか。それが、いくら考えてもわからない。さらに、彼女は何故、その後に命を断ったのだ。もしや、自らの死も含めて彼女の計画だったというのか。あるいは、死の直前にかけた飯田巧己への電話が、やはり関係しているのだろうか。あの電話では実際にどんな言葉が交わされたのだ。

「図書館は後回しにして現場に行く。陶器ボトルを鑑識に回さないと」

わたしたちはすぐに署を飛び出してマンションに向かった。しかしゴミ箱の陶器ボトルは水で洗われていたようで、鑑識課がサイレースの成分を検出することはできなかった。二人で刑事課長のもとへ行き、捜査本部の設置を再度頼んでみたが、人手不足を理由にふたたび首を横に振られた。録音された音声に「ボトルから液体を出すような音」が入っていたというだけでは、根拠として不十分だったのだ。

（六）

「やっぱり瀧沢鐘一さん……ただの自殺だったんですかね」

コンビニエンスストアで買った節分の豆を、手塚は口に放り込む。どうぞ、と袋をこちらへ向けたので、わたしも何粒か取って食べた。

「ぜんぶ、わたしたちの考えすぎだったのかもしれない」

公園の散歩道は、スーツ姿と私服姿の人が半々くらいの割合で行き交っている。わたしたちは植え込みのそばにあるベンチに座り、食べそびれた昼食を、コンビニエンスストアのおにぎりですませたところだった。

あれから二週間ほどが経っていた。瀧沢鐘一と怜那の件は何の新事実も発見することができず、とうとう課長から別の事件捜査を手伝うよう命じられたのが昨日のことだ。手塚の教育係はそのまま継続ということで、こうして相変わらず行動を共にしている。今日は朝から東京ミッドタウンのホテルで暴行傷害事件が発生し、ついさっき現場で関係者からの事情聴取を終えたところだ。

瀧沢鐘一がインタビューを受けた美術雑誌のバックナンバーを、どれだけ読みあさってみても、けっきょく収穫と呼べるものはなかった。飯田巧己とふたたび会うこともできたが、怜那との電話に関しては前回と同じ返答を繰り返されるばかりで、何も得られずに終わっている。さらには、瀧沢鐘一の色覚異常が再発していたというのも、どうやら完全に思い違いだったらしい。鐘一が死ぬほんの数日前、鐘才の絵に関して相談するため彼と会ったという画商が見つかったので、わたしと手塚はすぐさま話を聞きに行った。その画商によると、彼らは様々な日本絵画について、カタログや現物を見ながら話をしたという。作品の色使いに関してもあれこれ意見を交わしたが、何の違和感も抱かなかったとのことだった。色の識別ができていなかった可能性はないかと、思い切ってダイレクトな質問もしてみたけれど、あり得ないと笑われた。

「相変わらず盛り上がってますね」

豆をぽりぽりやりながら、手塚がコンビニエンスストアで買ってきた週刊誌を見下ろす。ひらかれたページに載っているのは、瀧沢夫妻の死に関する記事だ。鐘一が自画像とまったく同じ構図で死んでいたことは、あれからマスコミに知られてしまい、その不可解で魅力的な謎に各メディアが飛びついた。自画像と遺体との類似については、警察が正式にマスコミ発表を行ったわけではないが、たぶん刑事課の誰かが洩らしたのだろう。

「謎が謎のままだと、いくらでも書けることがあるんでしょうね」

記事を目で追いながら、豆を一つ食べる。

謎の解釈としては、これまでいくつか見てきた記事と似たり寄ったりで、こんなふうに書かれていた。偉大な画家の息子として生まれた瀧沢鐘一は、自らの夢を叶えることができないまま晩年を迎え、絶望に囚われてしまったのではないか。だからああして、自分自身の人生を表した自画像と同じ構図で死んだのではないか。——曖昧な書き方だが、きっと間違いではないのだろう。そんな実感が、いまはあった。怜那のほうに関しては、夫の死を知ったことで哀しみのあまり投身自殺をしたという説が有力のようだ。これもまた、当たっているのかもしれない。

「美歩さんは、これから気持ちの整理をつけられますかね」

あれから一度、桂木美歩にも会っていた。例の自画像について何か知っていることはないか。怜那が夫からＤＶを受けていたというのが嘘であった可能性はないか。そのあたりを確認するため、自宅アパートを訪ねたのだ。前者については見当もつかないようで、戸惑い顔で首を横に振られた。しかし後者について訊ねた途端、耳元で大きな音でも鳴らされたように、細い身体にぐっと力がこもった。

――ほんとは……頭のどこかでわかってたんです。

瞼がゆがむほど両目をきつく閉じ、左右の手は強く握られ、しかしそれとはうらはらに、唇から洩れ出たその声はひどく無感情だった。まるで、ひどく退屈な文章でも朗読させられているかのように。

――だって、瀧沢さんはそんなことする人じゃありませんから。絶対そんなことしませんから。ぜんぶ怜那の嘘かもしれないって、わたしどこかで気づいてたんです。もしかしたら、飯田さんっていう人といっしょになりたくて嘘をついてるんじゃないか。その嘘のために、わたしを利用してるんじゃないか。だからこそわたし、怜那にあの録音を頼まれたとき、やるって言ったんです。これで怜那の嘘がばれることになるし……瀧沢さんが、わたしが知ってる瀧沢さんだっていうことを確認できるし……でもそれが、あんなふうに……あんな……。

言葉をつづけるにつれて声に感情がともない、最後にはその感情に声のほうが圧倒され、気づけば美歩はもう喋ることさえできず、両目からぽろぽろと涙がこぼれ落ちていた。感情を守る硬い殻に罅（ひび）が入り、その罅が全体に走って一気に殻を崩壊させ、剝き出しになった彼女は、そのあとわたしたちの前で声を放って泣いた。肩口がほつれた彼女のセーターや、地味な家具や、壁紙やカーテンや、わたしたちの胸にまで、泣き声が滲んでしまうほど、長いあいだ。子供のように大きく口をあけ、その顔を隠すこともせず。

「整理しなきゃならない感情は、たくさんありそうね」

「女の人って、泣くとすっきりするっていうじゃないですか。あれ本当なんですか？」

「馬鹿じゃないの」

泣きじゃくる美歩を見つめながら、あのときわたしが思いを向けていたのは、彼女と怜那の関係性だった。もちろん、はっきりと摑めていたわけではない。しかし、録音されたあの音声を最初に聴いたときから感じていたのは、長いことつづいているせいで互いに意識することさえできなくなった、絶対的な主従関係のようなものだった。

自分が想いを寄せていた瀧沢鐘一と、唐突に結婚をした怜那。それなのに飯田と不倫をし、そのことを平然と話してきた怜那。いっぽうで美歩は、いつも感情を押し殺しながら生きてきた。押し殺した感情は硬い殻の中でねじれ、数を増して重なり合い、膨張していった。しかし、それに気づかないふりをする術（すべ）を身につけていた彼女には、その膨張を抑えることができなかった。やがて殻が粉々に砕け散り、破片が胸のあちこちを傷つけるまで。

――わたしが怜那を殺したんです。

最初の事情聴取の際、美歩はそう言った。瀧沢鐘一の死に関して自分が怜那を責めたせいで、彼女は自殺してしまったのだと。美歩にそう言わせたのは、罪の意識というよりも、そうであってほしいという思いだったのではないか。そんな気がしてならない。最後の最後に主従関係を逆転させ、自分が怜那の行動を支配し、死を選ばせた。そんな幻想を、美歩は抱きたかったのではないか。あのとき彼女の青白い頬に、うっすらと微笑が浮かんだように見えたのも、気のせいではなかったのかもしれない。

「まあでも、泣けるっていうのはいいことだと思う」

ですよね、と手塚は思慮深い顔つきで頷いたが、本当にわかっているのかどうかは不明だった。誰かが捨てたのだろうか、白いレジ袋が風に乗り、散歩道をずるずると運ばれていく。

「それにしても、皮肉なもんですよね」

彼が指さしたのは週刊誌記事の最後の部分だ。瀧沢鐘一がアトリエに残した絵が、すべて高値で取引されはじめているらしい。彼が必死に画家を目指していた頃、画壇からはまったく相手にされなかったというから、たしかに皮肉なことだった。手のひらを返すとは、まさにこういうことだ。

「さすがの摩耶子さんも、びっくりしてるんじゃないかしら」

彼女は鐘一との離婚時に絵の処分を任され、もし売れそうなら売ってほしいと言われていたそうだが、まさかこんなことになるなんて想像していなかったに違いない。彼女は金に執着を持っているタイプには見えなかったので、きっと、ただただ戸惑いながら、元夫に言われたとおり絵を手放しているのだろう。

記事の内容を目で追ってみる。瀧沢鐘一の絵は最低でも数十万円で取引され、例の自画像については現在一千万円以上というとんでもない値がついているらしい。

「鐘才の絵だって、ここまでの値がついたものはなかったですよ」

「もしかしたら鐘一さん、こうなることを願って、あの姿で死んだのかもね」

生きているあいだ一度も評価されることがなかった自分の絵画作品を、せめて死んだあと、画壇の人間が躍起になって奪い合うことを願って。

「手塚くん……芸術の価値って、いったい何だと思う？」

「まあ、けっきょく、こんなもんじゃないですかね」

手塚は残り少なくなった豆の袋をかたむけ、中身をみんな口に流し込む。そばで羽をぼさつかせて丸まっていたハトが、ぴくっとこちらを見た。

「もしゴッホが品行方正な人物だったら、彼が遺した絵にあんな高値はつかなかったんじゃないかって、よく思いますもん。芸大時代にこれ言ったら、先生にものすごく叱られましたけど」

わたしも手のひらに残った最後の豆を口に入れ、ペットボトルのお茶を飲んだ。ボトルを午後の太陽にかざしてみると、茶色い液体の中で、かすかな濁りがゆっくりとうねっているのが見えた。その様子を眺めながらわたしは、事件かどうかもわからないまま自分の手を離れた出来事について、まだしつこく考える。いくつもの重要な物事が、もう少しで摑めそうなのに、何ひとつ摑めない。あの音声の中に、自分が聴き逃しているものはないのか。間違っていなかったとに自殺だったのか。怜那が夫を殺したという考えは間違っていたのか。瀧沢鐘一は本当したら、なぜ彼女は夫の遺体をあんなポーズにしたのだ。そして、夫の殺害計画を実行したあと、どうして死んだりしたのだ。彼女と飯田が電話で話した内容を、わたしは心の底から知りたかった。あれが怜那の死と絶対に関係しているはずだ。彼女の心に致命傷を負わせるような何かを、飯田が電話で口にした可能性もある。しかし今後、飯田本人が会話の内容を正直に話す日が来るとは思えなかった。怜那は飯田と電話をしているとき、すでに夫をビニール袋と炭酸ガスで殺していたのだろうか。もしそうならば、死者の耳はいったいどんな会話を聞いたのか。

https://www.youtube.com/
watch?v=Fqn8nHHStHY

※作中で使われている二次元コードやＵＲＬは、決してインターネットなどで公開しないようお願いいたします。

All sounds and recordings：Shusuke Michio
「朝が来ますように」：Shusuke Michio
「旅路の恋花火」：Shusuke Michio
「新世界より」：Antonín Leopold Dvořák

Special Thanks：Chihiro Fukai, Chisa Asayama, Eisei Yoshida, Heqna, Hideyuki Nishimori, Kenji Shinoda, M.T, Miyu Kawagoe, Nobuyuki Hirose, Shiho Yuki, Shota Kato, Takuro Ushijima (from frAgile), Tomonori Mikuma, Yasue Kakita, Yukina

初出

第一話「聞こえる」（「小説現代」２０２１年11月号）
第二話「こんぢん王」（「小説現代」２０２３年３月号）
第三話「セミ」（「小説現代」２０２３年11月号）
第四話「ハリガネムシ」（「小説現代」２０２２年12月号）
最終話「死者の耳」（「小説現代」２０２３年６月号）

道尾秀介（みちお・しゅうすけ）

1975年東京都生まれ。2004年『背の眼』で第5回ホラーサスペンス大賞特別賞を受賞し、デビュー。2007年『シャドウ』で第7回本格ミステリ大賞、2009年『カラスの親指』で第62回日本推理作家協会賞、2010年『龍神の雨』で第12回大藪春彦賞、同年『光媒の花』で第23回山本周五郎賞、2011年『月と蟹』で第144回直木賞受賞。主な著書に『向日葵の咲かない夏』『カエルの小指』などがあり、謎解きゲームなど小説だけに留まらない創作活動を行っている。

きこえる

第一刷発行　2023年11月20日
第六刷発行　2024年4月10日

著者　道尾秀介（みちおしゅうすけ）

発行者　森田浩章
発行所　株式会社講談社
〒112-8001
東京都文京区音羽2-12-21
電話　出版　03-5395-3505
販売　03-5395-5817
業務　03-5395-3615
本文データ制作　講談社デジタル製作
印刷所　株式会社KPSプロダクツ
製本所　株式会社国宝社

ISBN978-4-06-533454-6
N.D.C.913 266p 19cm

道　尾　秀　介　の　好　評　既　刊

ど派手なペテン、仕掛けてやろうぜ!!

『カラスの親指 by rule of CROW's thumb』

人生に敗れ、詐欺を生業として生きる中年二人組。ある日、彼らの生活に一人の少女が舞い込む。やがて同居人は増え、5人と1匹に。「他人同士」の奇妙な生活が始まったが、残酷な過去は彼らを離さない。各々の人生を懸け、彼らが企てた大計画とは？　息もつかせぬ驚愕の逆転劇、そして感動の結末。道尾秀介の真骨頂がここに！
最初の直木賞ノミネート作品、第62回日本推理作家協会賞受賞作品。

講談社文庫

道　尾　秀　介　の　好　評　既　刊

久々に、
派手なペテン仕掛けるぞ！

『カエルの小指
a murder of crows』

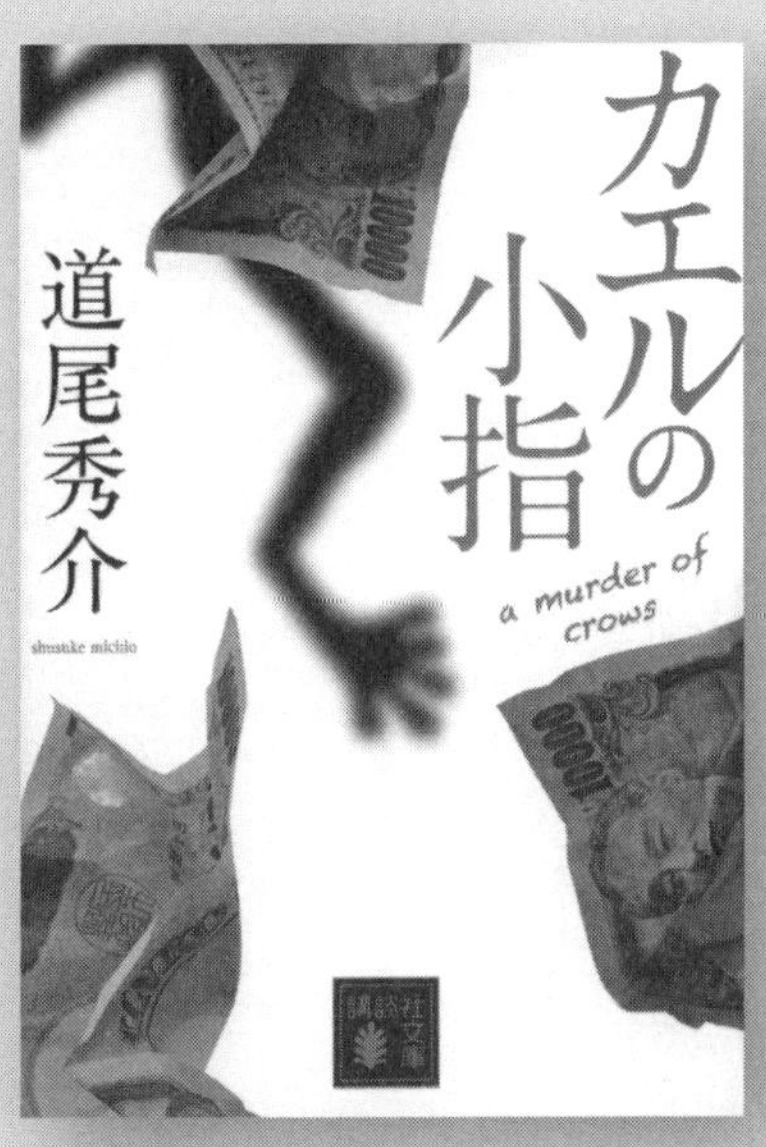

詐欺師から足を洗い、口の上手さを武器に実演販売士として真っ当に生きる道を選んだ武沢竹夫。しかし謎めいた中学生・キョウが「とんでもない依頼」とともに現れたことで彼の生活は一変する。シビアな現実に生きるキョウを目の当たりにした武沢は、ふたたびペテンの世界に戻ることを決意。そしてかつての仲間と再集結し、キョウを救うために「超人気テレビ番組」を巻き込んだド派手な大仕掛けを計画するが……。

講談社文庫

道　尾　秀　介　の　好　評　既　刊

暗闇から射し込む光は
救いなのか、それとも。

『水の柩』

タイムカプセルに託した未来と、水没した村が封印した過去。時計の針を動かす、彼女の「嘘」。
平凡な毎日を憂う逸夫は文化祭をきっかけに同級生の敦子と言葉を交わすようになる。タイムカプセルの手紙を取り替えたいという彼女の頼みには秘めた真意があった。同じ頃、逸夫は祖母が五十年前にダムの底に沈めた「罪」の真実を知ってしまう。それぞれの「嘘」が、祖母と敦子の過去と未来を繋いでいく。

講談社文庫

道尾秀介の好評既刊

本物と見紛うような捜査資料を元に、
未解決事件の謎を解け！

『DETECTIVE X（ディテクティブ エックス）
CASE FILE #1 御仏（みほとけ）の殺人』

直木賞作家道尾秀介と、リアル脱出ゲームのSCRAPが手を組んでお贈りする、本格犯罪捜査ゲーム！　過去の未解決事件に関するルポを連載している記者から、あなた宛に手紙と捜査資料が届いた。ある寺での住職殺害事件を解決に導き、連載を続けたいという内容だ。あなたは資料を元に捜査することを決め、記者の連絡用サイトにアクセスする。さまざまな事象が複雑に絡み合ったこの事件を、あなたは解決することができるだろうか？

SCRAP